文学常识丛书

天下为公

翟民　主编

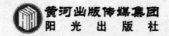
黄河出版传媒集团
阳光出版社

图书在版编目（CIP）数据

天下为公 / 翟民主编. –– 银川：阳光出版社，
2016.6（2020.12重印）
（文学常识丛书）
ISBN 978-7-5525-2766-7

Ⅰ.①天… Ⅱ.①翟… Ⅲ.①古典散文 – 文学欣赏 –
中国 – 青少年读物 Ⅳ.①I207.62–49

中国版本图书馆CIP数据核字(2016)第170217号

文学常识丛书　天下为公　　　　　　　　　　　　翟民　主编

责任编辑　陈建琼
封面设计　民谐文化
责任印制　岳建宁

黄河出版传媒集团
阳　光　出　版　社　出版发行

出　版　人　薛文斌
地　　　址　宁夏银川市北京东路139号出版大厦（750001）
网　　　址　http://www.ygchbs.com
网上书店　http://www.shop129132959.taobao.com
电子信箱　yangguangchubanshe@163.com
邮购电话　0951-5047283
经　　　销　全国新华书店
印刷装订　河北燕龙印刷有限公司
印刷委托书号　（宁）0019173

开　　本　710 mm×1000 mm　1/16
印　　张　10
字　　数　120千字
版　　次　2016年11月第1版
印　　次　2021年1月第2次印刷
书　　号　ISBN 978-7-5525-2766-7
定　　价　30.00元

前　言

　　源远流长的中华五千年文化，滋养着生生不息的中华民族。那些饱含圣贤宗师心血的诗歌、散文，历经了发展和不断地丰富，融入了中华民族的血脉，铸就了中华民族的脊梁，毋庸置疑地成为宝贵的文化遗产、永恒的精神食粮、灿烂的智慧结晶。然而受课时篇幅所限，能够收入到中小学教科书的经典作品必定是极少数。为此，我们精心编辑了这一套集古代经典诗歌分类赏析、古代经典散文分类赏析为一体的《文学常识丛书》。

　　本套丛书包括：古代经典诗歌分类赏析共十册——《诗中水》《诗中情》《诗中花》《诗中鸟》《诗中雨》《诗中雪》《诗中山》《诗中日》《诗中月》《诗中酒》；古代经典散文分类赏析共十册——《物华风清》《人和政通》《诙谐闲趣》《情规义劝》《谈古喻今》《修身养性》《奇谋韬略》《群雄争锋》《逝者如斯》《天下为公》。

　　读古诗，我们会发现诗人都有这样一个特征——托物言志。如用"大鹏展翅""泰山绝顶"来抒发自己对远大抱负的追求，用"梅兰竹菊""苍松劲柏"来表达自己对崇高品格的追慕；用"青鸟红豆""鸿雁传书"寄托相思，用"阳关柳色""长亭古道"排解离愁，用"浮云"来感慨人生无常、天涯漂泊，用"流水"来喟叹时光易逝、岁月更替，用"子规"反映哀怨，用"明月"象征思念……总之，对这些本没有思想感情的自然物，古代诗人赋予它们以独特的寓意，使之成为古诗中绚丽多彩的意象。正是这些意象为古诗增添了无穷的魅力。

　　古典散文同样也散发着艺术的光辉，但更引人瞩目的是它所蕴含的思想精华,或纵论古今,或志异传奇,或微言大义,或以小见大,读后不禁让我们对古人睿智的思想和优美的文笔赞叹不已。

　　希望能通过这套丛书,使广大中学生对祖国光辉灿烂的文化遗产有一个更深刻的认识。

编者

目　录

孔　子　礼运大同篇 ·· 2

　　　　颜渊篇 ·· 5

墨　子　兼爱(上) ·· 8

　　　　兼爱(中) ·· 12

　　　　兼爱(下) ·· 19

孟　子　滕文公下 ·· 30

　　　　寡人之于国也 ·· 32

　　　　以义治国,何必言利 ·· 35

　　　　父母官的职责 ·· 37

　　　　衣食足而知礼仪 ·· 39

　　　　乐以天下,忧以天下 ·· 42

庄　子　人间世(节选) ·· 47

贾　谊　论积贮疏 ·· 55

晁　错　论贵粟疏(节选) ·· 62

董仲舒　治国先齐家 ·· 66

　　　　平天下先治国 ·· 69

桓　宽　盐铁论(节选) ·· 77

赵　壹　刺世疾邪赋 ·· 92

李　白　春夜宴从弟桃李园序 ·· 98

欧阳修　五代史伶官传序 ·· 101

苏　轼　教战守策　……………………………………　106

胡　铨　戊午上高宗封事　………………………………　113

文天祥　指南录后序　……………………………………　124

张　溥　五人墓碑记　……………………………………　131

黄宗羲　原君　……………………………………………　139

　　　　左忠毅公逸事　…………………………………　146

作者简介

　　孔子(前551—前479年),名丘,字仲尼,鲁国人。中国春秋末期伟大的思想家和教育家,儒家学派的创始人。

　　孔子关于仁的学说,对后世儒学发生了关键性的影响,甚至可以说,正是在此意义上,儒学尊孔子为鼻祖。同时,孔子也是中国历史上第一位私人教师,据《史记》载,孔子弟子3000人,比较有成就的有72人。孔子提倡"有教无类",招收的学生从事各种职业的都有。孔子教授的方式多是启发式的,鼓励学生谈论自己的观点。上述思想和观点为孔子尊奉为"至圣先师"奠定了坚实的基础。

　　孔子弟子根据孔子的言行编成《论语》一书,是我们今天认识孔子最直接、最可靠的资料。

1

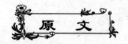

礼运大同篇

大道之行也①天下为公。选贤与能讲信修睦②。故人不独亲其亲不独子其子。使老有所终，壮有所用，幼有所长，鳏③寡④孤独废疾⑤者皆有所养。男有分，女有归，货恶其弃于地也，不必藏于己⑥；力恶其不出于身也，不必为己⑦。是故谋闭而不兴，盗窃乱贼而不作，故外户而不闭⑧，是谓大同⑨。

①大道之行也：大道，言道之广大而不偏私。行，意谓通达于天下。

②修睦：修习亲爱和睦之事。

③鳏（guān）：通"矜"，老而无妻或丧妻者皆曰矜。

④寡（guǎ）：五十岁无夫曰寡，今妇人丧夫皆曰寡。

⑤废疾：谓精神或体力不完全者也。《礼记》："废疾非人不养者。"刑律把衰减视能、言语能力衰退障碍及衰减一肢以上之机能者，以及精神或身体患上三十日以上之病者通称为"废疾"。

⑥货恶其弃于地也，不必藏于己："货"指资源，"恶"指讨厌。谓丰厚的财力资源既不愿就这样搁在地下不用，当然就应该努力去开采，有了收获应该与社会群众共同享用。"不必藏于己"即凡是资源皆应及时好好保藏，却不是为了自己，即不为个人也不必私藏，不会有据为己有

的贪念。

⑦力恶其不出于身也,不必为己:"力"指包括体力与脑力的劳动力。谓遇到必须劳动或大家贡献心力的事,每个人都惟恐自己用不上力,惟恐自己不劳而获的享用成果,而且,每个人也不须都是为个人有利才如此。

⑧谋闭而不兴,盗窃乱贼而不作,故外户而不闭:谋,奸邪诈欺之谋,于众人之间有所互谋即是所谓"相图谋也"。人之所以相图谋甚至于有人沦为盗窃乱贼,乃由于身困穷而俗恶薄,这固然可说是社会不公不义造成,但某些人个人的心理不正不坚也是原因。但是一旦如今的大道之行能如此,则民无不足不赡之患,而有亲逊和睦之风,故图谋闭塞也不能兴起,盗窃乱贼也不能作乱,因此门户之扉从外开着,也就不必关闭了!

⑨大同:和也,平也。此言为五帝之时,真正理想的太平世界。

3

译 文

圣人的大道能够实行的时代,天下是为天下人所共有的。大家选举贤能的人来共同治理,人人讲求诚信,彼此和睦相处。不独爱护自己的亲人,不独疼爱自己的儿女,更能推广爱心到其他人身上,使得社会上年长的老人皆能安享天年,青壮年都能贡献一己之力,少年、儿童也都能接受良好的教育,那些孤苦无依及残废者,也都能受到适当的照顾。男人能恪尽自己的本分尽其职责,女人也各有自己的家室。各种物质资源,不被浪费、弃置,都能发挥应有的功效;但也不能私藏据为己用。有能力的人不应该舍不得服务奉献,但也不能只是图利自己。能够做到这样,整个社会就不会发生勾心斗角,损人利己的事,也不会再有抢劫、偷窃、杀人的事出现，纵然窗不关、门不闭，也不用担惊害怕，生活自在安乐，那样的社会真可以说是大同世界了。

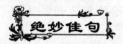

绝妙佳句

大道之行也天下为公。选贤与能讲信修睦。

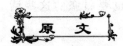

颜渊篇

颜渊问仁。子曰:"克己复礼①为仁。一日克己复礼,天下归仁焉②。为仁由己,而由人乎哉?"颜渊曰:"请问其目③。"子曰:"非礼勿视,非礼勿听,非礼勿言,非礼勿动。"颜渊曰:"回虽不敏,请事④斯语矣。"

①克己复礼:克己,克制自己。复礼,使自己的言行符合于礼的要求。

②归仁:归,归顺。仁,即仁道。焉(yān),此为语气助词。

③目:具体的条目。目和纲相对。

④事:从事,照着去做。

译文

颜渊问怎样做才是仁。孔子说:"克制自己,一切都照着礼的要求去做,这就是仁。一旦这样做了,天下的一切就都归于仁了。实行仁德,完全在于自己,难道还在于别人吗?"颜渊说:"请问实行仁的条目。"孔子说:"不合于礼的不要看,不合于礼的不要听,不合于礼的不要说,不合于礼的不要做。"颜渊说:"我虽然愚笨,也要照您的这些话去做。"

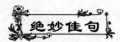

非礼勿视,非礼勿听,非礼勿言,非礼勿动。

作者简介

墨子(约前 468—前 387 年)，名翟。是墨家学派的创始人，战国初期伟大的思想家、政治家。在春秋战国时期，百家争鸣，诸子创说，学术空气十分活跃。墨家就是其中一个非常重要的学派。《墨子》是阐述墨家思想的著作，原有 71 篇，现存 33 篇，一般认为是墨子的弟子及后学记录、整理、编纂而成。

相传墨子初学于儒术，但由于不满儒术所提倡的繁琐的"礼"，学习大禹刻苦简朴的精神，因而自立新说，创建了墨家学派。墨子的学说对当时的思想界影响浪大，与儒家并称"显学"。总的说来，中国古代逻辑思想不够发达，而《兼爱》所阐述的逻辑思想，则已达到相当高的水平，是了解中国古代治国安邦的重要著作。

兼爱(上)

圣人以治天下为事①者也,必知乱之所自起,焉②能治之;不知乱之所自起,则不能治。譬之如医之攻人之疾者然③:必知疾之所自起,焉能攻之;不知疾之所自起,则弗④能攻。治乱者何独⑤不然? 必知乱之所自起,焉能治之;不知乱之所自起,则弗能治。圣人以治天下为事者也,不可不察⑥乱之所自起。

当⑦察乱何自起? 起不相爱。臣子之不孝君父,所谓乱也。子自爱,不爱父,故亏父而自利;弟自爱,不爱兄,故亏兄而自利;臣自爱,不爱君,故亏君而自利,此所谓乱也。虽父之不慈子,兄之不慈弟,君之不慈臣,此亦天下之所谓乱也。父自爱也,不爱子,故亏子而自利;兄自爱也,不爱弟,故亏弟而自利;君自爱也,不爱臣,故亏臣而自利。是何也? 皆起不相爱。

虽至⑧天下之为盗贼者亦然:盗爱其室,不爱其异室,故窃异室以利其室。贼爱其身,不爱人,故贼人以利其身。此何也? 皆起不相爱。

虽至大夫之相乱家,诸侯之相攻国者亦然:大夫各爱其家,不爱异家,故乱异家以利其家。诸侯各爱其国,不爱异国,故攻异国以利其国。天下之乱物,具此而已矣。察此何自起? 皆起不相爱。

文学常识丛书

若使天下兼相爱,爱人若爱其身,犹有不孝者乎?视父兄与君若其身,恶⑨施不孝?犹有不慈者乎?视弟子与臣若其身,恶施不慈?故不孝不慈亡⑩有。犹有盗贼乎?故视人之室若其室,谁窃?视人身若其身,谁贼?故盗贼亡有。犹有⑪大夫之相乱家,诸侯之相攻国者乎?视人家若其家,谁乱?视人国若其国,谁攻?故大夫之相乱家,诸侯之相攻国者亡有。若使天下兼相爱,国与国不相攻,家与家不相乱,盗贼无有,君臣父子皆能孝慈,若此,则天下治。

故圣人以治天下为事者,恶得不禁恶而劝爱。故天下兼相爱则治,交相恶则乱。故子墨子曰:"不可以不劝爱人者,此也。"

注释

①事:职业。

②焉(yān):当"才"讲。

③譬(pì):比如。然:一样。

④弗:不能。

⑤何独:何尝。

⑥察:考察,了解。

⑦当:读为"尝"。

⑧虽至:即使。

⑨恶(wù):何。

⑩亡:通"无"。

⑪犹有:即还有。

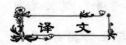

译文

圣人是以治理天下为职业的人，必须知道混乱从哪里产生，才能对它进行治理。如果不知道混乱从哪里产生，就不能进行治理。这就好像医生给人治病一样，必须知道疾病产生的根源，才能进行医治。如果不知道疾病产生的根源，就不能医治。治理混乱又何尝不是这样，必须知道混乱产生的根源，才能进行治理。如果不知道混乱产生的根源，就不能治理。圣人是以治理天下为职业的人，不可不考察混乱产生的根源。

试考察混乱从哪里产生呢？起于人与人不相爱。臣与子不孝敬君和父，就是所谓乱。儿子爱自己而不爱父亲，因而损害父亲以自利；弟弟爱自己而不爱兄长，因而损害兄长以自利；臣下爱自己而不爱君上，因而损害君上以自利，这就是所谓混乱。反过来，即使父亲不慈爱儿子，兄长不慈爱弟弟，君上不慈爱臣下，这也是天下的所谓混乱。父亲爱自己而不爱儿子，所以损害儿子以自利；兄长爱自己而不爱弟弟，所以损害弟弟以自利；君上爱自己而不爱臣下，所以损害臣下以自利。这是为什么呢？都是起于不相爱。

即使在天底下做盗贼的人，也是这样。盗贼只爱自己的家，不爱别人的家，所以盗窃别人的家以利自己的家；盗贼只爱自身，不爱别人，所以残害别人以利自己。这是什么原因呢？都起于不相爱。

即使大夫相互侵扰家族，诸侯相互攻伐封国，也是这样。大夫各自爱他自己的家族，不爱别人的家族，所以侵扰别人的家族以利他自己的家族；诸侯各自爱他自己的国家，不爱别人的国家，所以攻伐别人的国家以利他自己的国家。天下的乱事，全部都列在这里了。细察它从哪里产生呢？都起于不相爱。

假若天下都能相亲相爱，爱别人就像爱自己，还能有不孝的吗？看待父亲、兄弟和君上像自己一样,怎么会做出不孝的事呢?还会有不慈爱的吗?看待弟弟、儿子与臣下像自己一样,怎么会做出不慈的事呢?所以不孝不慈都没有了。还有盗贼吗?看待别人的家像自己的家一样,谁会盗窃?看待别人就像自己一样,谁会害人?所以盗贼没有了。还有大夫相互侵扰家族,诸侯相互攻伐封国吗?看待别人的家族就像自己的家族,谁会侵犯?看待别人的封国就像自己的封国,谁会攻伐?所以大夫相互侵扰家族,诸侯相互攻伐封国,都没有了。假若天下的人都相亲相爱,国家与国家不相互攻伐,家族与家族不相互侵扰,盗贼没有了,君臣父子间都能孝敬慈爱,像这样,天下也就治理了。

所以圣人既然是以治理天下为职业的人,怎么能不禁止相互仇恨而鼓励相爱呢?因此天下的人相亲相爱就会治理好,相互憎恶则会混乱。所以墨子说:"不能不鼓励爱别人",道理就在此。

绝妙佳句

天下兼相爱则治,交相恶则乱。

兼爱(中)

子墨子言曰:"仁人之所以为事者,必兴天下之利,除去天下之害,以此为事者也。"然则天下之利何也? 天下之害何也? 子墨子言曰:"今若国之与国之相攻,家之与家之相篡,人之与人之相贼,君臣不惠忠,父子不慈孝,兄弟不和调,此则天下之害也。"

然则崇①此害亦何用生哉? 以不相爱生邪? 子墨子言:"以不相爱生。"今诸侯独知爱其国,不爱人之国,是以不惮举其国,以攻人之国。今家主独知爱其家,而不爱人之家,是以不惮举其家,以篡人之家。今人独知爱其身,不爱人之身,是以不惮举其身,以贼人之身。是故诸侯不相爱,则必野战;家主不相爱,则必相篡;人与人不相爱,则必相贼;君臣不相爱,则不惠忠;父子不相爱,则不慈孝;兄弟不相爱,则不和调。天下之人皆不相爱,强必执弱,富必侮贫,贵必敖②贱,诈必欺愚。凡天下祸篡怨恨,其所以起者,以不相爱生也。是以行③者非之。

既以非之,何以易之? 子墨子言曰:"以兼相爱、交相利之法易之。"然则兼相爱、交相利之法将奈何哉? 子墨子言:视人之国,若视其国;视人之家,若视其家;视人之身,若视其身。是故诸侯相爱,则不野战;家主相爱,则不相篡;人与人相爱,则不相贼;君臣相爱,则惠忠;父子相爱,则慈孝;兄弟相爱,则和调。天下之人皆相爱，强不执弱，众不劫寡，富不侮贫，贵不敖贱，诈不欺愚。凡天下祸篡怨恨，可使毋④起者，以相爱生也。是以仁者誉之。

然而今天下之士君子曰："然！乃若兼则善矣；虽然，天下之难物于故也。"子墨子言曰："天下之士君子，特不识其利、辩其故也。今若夫攻城野战，杀身为名，此天下百姓之所皆难也。若君说⑤之，则士众能为之。况于兼相爱、交相利，则与此异！夫爱人者，人必从而爱之；利人者，人必从而利之；恶人者，人必从而恶之；害人者，人必从而害之。此何难之有？特上弗以为政、士不以为行故也。"昔者晋文公好士之恶衣，故文公之臣，皆牂羊⑥之裘，韦⑦以带剑，练帛之冠，入以见于君，出以践于朝。是其故何也？君说之，故臣为之也。昔者楚灵王好士细要⑧，故灵王之臣，皆以一饭为节，胁息然后带，扶墙然后起。比期年，朝有黧黑之色。是其故何也？君说之，故臣能之也。昔越王句践好士之勇，教驯其臣，和合之，焚舟失火，试其士曰："越国之宝尽在此！"越王亲自鼓其士而进之，士闻鼓音，破碎⑨乱行，蹈火而死者，左右百人有余，越王击金而退之。是故子墨子言曰："乃若夫少食、恶衣、杀人而为名，此天下百姓之所皆难也。若苟君说之，则众能为之；况兼相爱、交相利，与此异矣！夫爱人者，人亦从而爱之；利人者，人亦从而利之；恶人者，人亦从而恶之；害人者，人亦从而害之。此何难之有焉？特士不以为政而士⑩不以为行故也。

然而今天下之士君子曰："然！乃若兼则善矣；虽然，不可行之物也。譬若挈太山越河、济也。"子墨子言："是非其譬也。夫挈太山而越河、济，可谓毕劫有力矣。自古及今，未有能行之者也；

天下为公

况乎兼相爱、交相利，则与此异，古者圣王行之。"何以知其然？古者禹治天下，西为西河渔窦⑪，以泄渠、孙、皇之水。北为防、原、派，注后之邸⑫、嘑池之窦，洒为底柱，凿为龙门，以利燕代胡貉与西河之民。东方漏之⑬陆，防孟诸之泽，洒为九浍，以楗东土之水，以利冀州之民。南为江、汉、淮、汝，东流之注五湖之处，以利荆楚、干、越与南夷之民。此言禹之事，吾今行兼矣。昔者文王之治西土，若日若月，乍光于四方，于西土。不为大国侮小国，不为众庶侮鳏寡，不为暴势夺穑人黍稷狗彘⑭。天屑临文王慈，是以老而无子者，有所得终其寿；连独无兄弟者，有所杂于生人之间；少失其父母者，有所放依而长。此文王之事，则吾今行兼矣。昔者武王将事泰山，隧⑮传曰："泰山，有道曾孙周王有事。大事既获，仁人尚作，以祇⑯商、夏、蛮夷丑貉。虽有周亲，不若仁人。万方有罪，维予一人。"此言武王之事，吾今行兼矣。

是故子墨子言曰："今天下之君子，忠实欲天下之富，而恶其贫；欲天下之治，而恶其乱，当兼相爱、交相利。此圣王之法，天下之治道也，不可不务为也。"

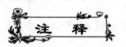

注　释

①崇：为"察"字之误。

②敖：通"傲"。

③行：为"仁"字之误。

④毋(wú)：通"无"。

⑤说：通"悦"。

⑥牂(zāng)羊：母羊。

⑦韦：熟牛皮。

⑧细要：细腰。

⑨碎：疑为"阵"字之误。

⑩士：为"上"之误。

⑪窦(dòu)：沟渠。

⑫邸：为"底"之误。

⑬之：为"大"之误。

⑭彘(zhì)：猪。

⑮隧：疑为"遂"字之误。

⑯祇：拯救。

译文

墨子说："仁人处理事务的原则，一定是为天下兴利除害，以此原则来处理事务。"既然如此，那么天下的利是什么，而天下的害又是什么呢？墨子说："现在如国与国之间相互攻伐，家族与家族之间相互掠夺，人与人之间相互残害，君臣之间不相互施惠、效忠，父子之间不相互慈爱、孝敬，兄弟之间不相互融洽、协调，这就都是天下之害。"

既然如此，那么考察这些公害又是因何产生的呢？是因不相爱产生的吗？墨子说："是因不相爱产生的。"现在的诸侯只知道爱自己的国家，不爱别人的国家，所以毫无忌惮地发动他自己国家的力量，去攻伐别人的国家。现在的家族宗主只知道爱自己的家族，而不爱别人的家族，因而毫无忌惮地发动他自己家族的力量，去掠夺别人的家族。现在的人只知道爱自己，而不爱别人，因而毫无忌惮地运用全身的力量去残害别人。所以诸侯不相爱，就必然发生野战；家族宗主不相爱，就必然相互掠夺；人与人不相爱，就必然相互残害；君与臣不相爱，就必然不相互施惠、效忠；父与子不相爱，就必然不相互慈爱、孝敬；兄与弟不相爱，就必然不相互融洽、协调。天下的人都不相爱，强大的就必然控制弱小的，富足的就必然欺侮贫困的，尊贵的就必然傲视卑贱的，狡猾的就必然欺骗愚笨的。举凡天下祸患、掠夺、埋怨、愤恨产生的原因，都是因不相爱而产生的。所以仁者认为它不对。

既已认为不相爱不对，那用什么去改变它呢？墨子说道："用人们全都相爱、交互得利的方法去改变它。"既然这样，那么人们全都相爱、交互得利应该怎样做呢？墨子说道："看待别人国家就像自己的国家，看待别人的家族就像自己的家族，看待别人之身就像自己之身。"所以诸侯之间相爱，就不会发生野战；家族宗主之间相爱，就不会发生掠夺；人与人之间相爱就不会相互残害；君臣之间相爱，就会相互施惠、效忠；父子之间相爱，就会相互慈爱、孝敬；兄弟之间相爱，就会相互融洽、协调。天下的人都相爱，强大者就不会控制弱小者，人多者就不会强迫人少者，富足者就不会欺侮贫困者，尊贵者就不会傲视卑贱者，狡诈者就不会欺骗愚笨者。举凡天下的祸患、掠夺、埋怨、愤恨可以不使它产生的原因，是因为相爱而生产的。所以仁者称赞它。

然而现在天下的士君子们说："对！兼爱固然是好的。即使如此，它也是天下一件难办而迂阔的事。"墨子说道："天下的士君子们，只是不能辨明兼爱的益处、辨明兼爱的原故。现在例如攻城野战，为成名而杀身，这都是天下的百姓难于做到的事。但假如君主喜欢，那么士众就能做到。而兼相爱、交相利与之相比，则是完全不同的（好事）。凡是爱别人的人，别人也随即爱他；有利于别人的人，别人也随即有利于他；憎恶别人的人，别人也随即憎恶他；损害别人的人，别人随即损害他。实行这种兼爱有什么困难呢？只是由于居上位的人不用它行之于政，士人不用它实之于行的缘故。"从前晋文公喜欢士人穿不好的衣服，所以文公的臣下都穿着母羊皮缝的裘，围着牛皮带来挂佩剑，头戴熟绢作的帽子，（这身打扮）进可以参见君上，出可以往来朝廷。这是什么缘故呢？因为君主喜欢这样，所以臣下就这样做。从前楚灵王喜欢细腰之人，所以灵王的臣下就吃一顿饭来节食，收着气然后才系上腰带，扶着墙然后才站得起来。等到一年，朝廷之臣都（饥瘦得）面有深黑之色。这是什么缘故呢？因为君主喜欢这样，所以臣下能做到这样。从前越王勾践喜爱士兵勇猛，训练他的臣下时，先把他们集合起来，（然后）放火烧船，考验他的将士说："越国的财宝全在这船里。"越王亲自擂鼓，让将士前进。将士听到鼓声，（争先恐后），打乱了队伍，蹈火而死的人，近臣达一百人有余。越王于是鸣金让他们退下。所以墨子说道："像少吃饭、穿坏衣、杀身成名，这都是天下百姓难于做到的事。假如君主喜欢它，那么士众就能做到。何况兼相爱、交相利是与此不同的（好事）。爱别人的人，别人也随即爱他；有利于别人的人，别人也随即有利于他；憎恶别人的人，别人也随即憎恶他；损害别人的人，别人也随即损害他。这种兼爱有什么难实行的呢？只是居上位的人不用它行之于政，而士人不用它实之于行的缘故。"

然而现在天下的士君子们说："对！兼爱固然是好的。即使如此，也不可能行之于事，就像要举起泰山越过黄河、济水一样。"墨子说道："这比方不对。举起泰山而越过黄河、济水，可以说是强劲有力的了，但自古及今，没有人能做得到。而兼相爱，交相利与此相比则是完全不同的（可行之事）。古时的圣王曾做到过。"怎么知道是这样呢？古时大禹治理天下，西边疏通了西河、渔窦，用来排泄渠水、孙水和皇水；北边疏通防水、原水、底水，使之注入召之邸和滹沱河，在黄河中的底柱山分流，凿开龙门以有利于燕、代、胡、貉与西河地区的人民。东边穿泄大陆的迂水，拦入孟诸泽，分为九条河，以此限制东土的洪水，用来利于冀州的人民。南边疏通长江、汉水、淮河、汝水,使之东流入海,以此灌注五湖之地,以利于荆楚、吴越和南夷的人民。这是大禹的事迹,我们现在要用这种精神来实行兼爱。从前周文王治理西土(指岐周),像太阳像月亮一样,射出的光辉照耀四方和西周大地。他不倚仗大国而欺侮小国,不倚仗人多而欺侮鳏寡孤独,不倚仗强暴势力而掠夺农夫的粮食牲畜。上天眷顾文王的慈爱,所以年老无子的人得以寿终,孤苦无兄弟的人可以安聚于人们中间,幼小无父母的人有所依靠而长大成人。这是文王的事迹,我们现在应当用这种精神实行兼爱。从前武王将祭祀泰山,于是陈述说:"泰山!有道曾孙周王有祭事。现在(伐纣的)大事已成功,(太公、周、召)一批仁人起而相助,用以拯救商夏遗民及四方少数民族。即使是至亲,也不如仁人。万方之人有罪,由我一人承当。"这是说周武王的事迹,我们现在应当用这种精神实行兼爱。

所以墨子说道:"现在天下的君子,(如果)内心确实希望天下富足,而厌恶其贫穷;希望天下治理好,而厌恶其混乱,那就应当全都相爱、交互得利。这是圣王的常法,天下的治道,不可不努力去做。"

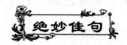

今天下之君子,忠实欲天下之富,而恶其贫;欲天下之治,而恶其乱,当兼相爱、交相利。此圣王之法,天下之治道也,不可不务为也。

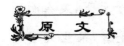

兼爱（下）

子墨子言曰："仁人之事者，必务求兴天下之利，除天下之害。"然当今之时，天下之害，孰为大？曰：若大国之攻小国也，大家之乱小家也，强之劫弱，众之暴寡，诈之谋愚，贵之敖贱，此天下之害也。又与为人君者之不惠也，臣者之不忠也，父者之不慈也，子者之不孝也，此又天下之害也。又与今人之贱人，执其兵刃毒药水火，以交相亏贼，此又天下之害也。

姑尝本原若众害之所自生。此胡自生？此自爱人、利人生与？即必曰："非然也。"必曰："从恶人、贼人生。"分名乎天下，恶人而贼人者，兼与？别与？即必曰："别也。"然即之交别者，果生天下之大害者与？是故别非也。子墨子曰："非人者必有以易之，若非人而无以易之，譬之犹以水救火①也，其说将必无可矣。"是故子墨子曰："兼以易别。"然即兼之可以易别之故何也？曰：藉为人之国，若为其国，夫虽②独举其国以攻人之国者哉？为彼者，由为己也。为人之都，若为其都，夫谁独举其都以伐人之都者哉？为彼犹为己也。为人之家，若为其家，夫谁独举其家以乱人之家者哉？为彼犹为己也。然即国都不相攻伐，人家不相乱贼，此天下之害与？天下之利与？即必曰天下之利也。

姑尝本原若众利之所自生。此胡自生？此自恶人贼人生与？

即必曰："非然也。"必曰："从爱人利人生。"分名乎天下，爱人而利人者，别与？兼与？即必曰："兼也。"然即之交兼者，果生天下之大利者与？是故子墨子曰："兼是也。"且乡③吾本言曰：仁人之事者，必务求兴天下之利，除天下之害。今吾本原兼之所生，天下之大利者也；吾本原别之所生，天下之大害者也。是故子墨子曰别非而兼是者，出乎若方也。

今吾将正求与天下之利而取之④，以兼为正。是以聪耳明目相与视听乎⑤！是以股肱毕强⑥相为动宰乎！而⑦有道肆相教诲，是以老而无妻子者，有所侍养以终其寿；幼弱孤童之无父母者，有所放依以长其身。今唯毋以兼为正，即若其利也。不识天下之士，所以皆闻兼而非者，其故何也？

然而天下之士，非兼者之言犹未止也，曰："即善矣，虽然，岂可用哉？"子墨子曰："用而不可，虽我亦将非之；且焉有善而不可用者。"姑尝两而进之⑧。谁以为二士⑨，使其一士者执别，使其一士者执兼。是故别士之言曰："吾岂能为吾友之身，若为吾身？为吾友之亲，若为吾亲？"是故退睹其友，饥即不食，寒即不衣，疾病不侍养，死丧不葬埋。别士之言若此，行若此。兼士之言不然，行亦不然。曰："吾闻为高士于天下者，必为其友之身，若为其身；为其友之亲，若为其亲。然后可以为高士于天下。"是故退睹其友，饥则食之，寒则衣之，疾病侍养之，死丧葬埋之。兼士之言若此，行若此。若之二士者，言相非而行相反与？当使若二士者⑩，言必信，行必果，使言行之合，犹合符节也，无言而不行也。然即敢问：今有平原广野于此，被甲婴冑，将往战，死生之权，未可识也；又有君大夫之远使于巴、越、齐、荆，往来及否，未可识也。然即敢问：不识将恶也家室，奉承亲戚、提挈妻子而寄托之，不识于兼之有是乎？于别之有是乎？我以为当其于此也，天下无愚夫愚妇，虽非兼之人，必寄托之于兼之有是也。此言而非兼，择即取兼，即此言行费也⑪。不识天下之士，所以皆闻兼而非之者，其故何也？

然而天下之士，非兼者之言，犹未止也，曰："意可以择士，而不可以择君乎？"姑尝两而进之。谁以为二君⑫，使其一君者执兼，使其一君者执别。是故别君之言曰："吾恶能为吾万民之身，若为吾身？此泰非天下之情也⑬。人之生乎地上之无几何也，譬之犹驷驰而过隙也。"是故退睹其万民，饥即不食，寒即不衣，疾病不侍养，死丧不葬埋。别君之言若此，行若此。兼君之言不然，行亦不然，曰："吾闻为明君于天下者，必先万民之身，后为其身，然后可以为明君于天下。"是故退睹其万民，饥即食之，寒即衣之，疾病侍养之，死丧葬埋之。兼君之言若此，行若此。然即交若之二君者，言相非而行相反与？常使若二君者，言必信，行必果，使言行之合，犹合符节也，无言而不行也。然即敢问：今岁有疠疫⑭，万民多有勤苦冻馁，转死沟壑中者，既已众矣。不识将择之二君者，将何从也？我以为当其于此也，天下无愚夫愚妇，虽非兼者，必从兼君是也。言而非兼，择即取兼，此言行拂也。不识天下所以皆闻兼而非之者，其故何也。

然而天下之士，非兼者之言也，犹未止也，曰："兼即仁矣，义矣；虽然，岂可为哉？吾譬兼之不可为也，犹挈泰山以超江、河也。故兼者，直愿之也，夫岂可为之物哉？"子墨子曰："夫挈泰山以超江、河，自古之及今，生民而来，未尝有也。今若夫兼相爱、交相利，此自先圣六王者亲行之。"何知先圣六王之亲行之也？子墨子曰："吾非与之并世同时，亲闻其声、见其色也；以其所书于竹帛、镂于金石、琢于盘盂，传遗后世子孙者知之。"《泰誓》曰："文王若日若月乍照，光于四方，于西土。"即此言文王之兼爱天下之博大也，譬之日月，兼照天下之无有私也。即此文王兼也；虽子墨子之所谓兼者，于文王取法焉！

且不惟《泰誓》为然，虽《禹誓》即亦犹是也。禹曰："济济有众，咸听朕言！非惟小子，敢行称乱。蠢兹有苗，用天之罚。若予既率尔群对诸群⑮，以征有苗。"禹之征有苗也，非以求以重富贵，干福禄，乐耳目也；以求兴天下之利，除天下之害。即此禹兼也；虽子墨子之所谓兼者，于禹求焉。

且不惟《禹誓》为然，虽汤说即亦犹是也。汤曰："惟予小子履，敢用玄牡，告于上天后曰：'今天大旱，即当朕身履，未知得罪于上下，有善不敢蔽，有罪不敢赦，简在帝心，万方有罪，即当朕身；朕身有罪，无及万方。'"即此言汤贵为天子，富有天下，然且不惮以身为牺牲，以词说于上帝鬼神。即此汤兼也；虽子墨子之所谓兼者，于汤取法焉。

且不惟誓命与汤说为然，《周诗》即亦犹是也。《周诗》曰："王道荡荡，不偏不党；王道平平，不党不偏。其直若矢，其易若底⑯。君子之所履，小人之所视。"若吾言非语道之谓也，古者文、武为正均分，贵贤罚暴，勿有亲戚弟兄之所阿⑰。即此文、武兼也，虽子墨子之所谓兼者，于文、武取法焉。不识天下之人，所以皆闻兼而非之者,其故何也。

注 释

①以水救火:当作"以火救火"。

②虽:为"谁"字之误。

③乡:即"向"。

④此句疑"正"字当删。

⑤与:为"兴"字之误。

⑥股肱(gōng):肱指胳膊从肘到肩的部分。股肱比喻得力的辅佐大臣。毕强:即"毕劼""动"为"助"字之误。

⑦而疑为:是"以"之误。

⑧进:为"尽"之假借字。

⑨谁:为"设"字之误。

⑩当:如"尝"。

⑪费:通"拂"。

⑫谁:为"设"字之误。

⑬泰:通"太"。

⑭疠疫:瘟疫。

⑮若:疑为"兹"之误。"既"为"即"假借字。"群对诸群"当为"群邦诸辟"。

⑯厎(zhǐ):即"砥"。

⑰阿:私。

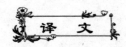

　　墨子说道："仁人的事业,应当努力追求兴起天下之利,除去天下之害。"然而在现在,天下之害,什么算是最大的呢? 回答说："例如大国攻伐小国,大家族侵扰小家族,强大者强迫弱小者,人众者虐待人少者,狡诈者算计愚笨者,尊贵者傲视卑贱者,这就是天下的祸害。又如,做国君的不仁惠,做臣下的不忠诚,做父亲的不慈爱,做儿子的不孝敬,这又都是天下的祸害。又如,现在的贱民拿着兵刃、毒药、水火,用来相互残害,这又是天下的祸害。

　　姑且试着推究这许多祸害产生的根源。这是从哪儿产生的呢? 这是从爱别人、利别人产生的? 则必然要说不是这样的,必然要说是从憎恶别人、残害别人产生的。辨别一下名目:世上憎恶别人和残害别人的人,是兼(相爱)还是别(相恶)呢? 则必然要说是别(相恶)。既然如此,那么这种别相恶可不果然是产生天下大害的原因! 所以别(相恶)是不对的。墨子说:"如果以别人为不对,那就必须有东西去替代它,如果说别人不对而又没有东西去替代它,就好像用水救水、用火救火。这种说法将必然是不对的。"所以墨子说:"要用兼(相爱)来取代别(相恶)。"既然如此,那么可以用兼(相爱)来替换别(相恶)的原因何在呢? 回答说:"假如对待别人的国家,像治理自己的国家,谁还会动用本国的力量,用以攻伐别人的国家呢? 为着别国如同为着本国一样。对待别人的都城,像治理自己的都城,谁还会动用自己都城的力量,用以攻伐别人的都城呢? 对待别人就像对待自己。对待别人的家族,就像对待自己的家族,谁还会动用自己的家族,用以侵扰别人的家族呢? 对待别人就像对待自己。既然如此,那么国家、都城不相互攻伐,个人、家族不相互侵扰残害,这是天下之害呢? 还是天下之利呢? 则必然要说是天下之利。

姑且试着推究这些利是如何产生的。这是从哪儿产生的呢？这是从憎恶人残害人产生的呢？则必然要说不是的,必然要说是从爱人利人产生的。辨别一下名目:世上爱人利人的,是别(相恶)还是兼(相爱)呢？则必然要说是兼(相爱)。既然如此,那么这种交相兼可不果是产生天下大利的！所以墨子说:"兼是对的。"而且从前我曾说过:"仁人之事,必然努力追求兴起天下之利,除去天下之害。"现在我推究由兼(相爱)产生的,都是天下的大利;我推究由别(相恶)所产生的,都是天下的大害。所以墨子说别(相恶)不对兼(相爱)对,就是出于这个道理。

现在我将寻求兴起天下之利的办法而采取它,以兼(相爱)来施政。所以大家都耳聪目明,相互帮助视听,听以大家都用坚强有力的手足相互协助！而有好的方法努力互相教导。因此年老而没有妻室子女的,有所奉养而终其天年;幼弱孤童没有父母的,有所依傍而长大其身。现在以兼(相爱)来施政,则其利如此。不知道天下之士听到兼(相爱)之说而加以非议,这是什么缘故呢？

然而天下的士子,非议兼(相爱)的言论还没有中止,说:"兼(相爱)即使是好的,但是,难道可以应用他吗？"墨子说:"如果不可应用,即使我也要批评它,但哪有好的东西不能应用呢？"姑且试着让主张兼和主张别的两种人各尽其见。假设有两个士子,其中一士主张别(相恶),另一士主张兼(相爱)。主张别(相恶)的士子说:"我怎么能看待我朋友的身体,就像我的身体;看待我朋友的双亲,就像我的双亲。"所以他返身看到他朋友饥饿时,即不给他吃;受冻时,即不给他穿;有病时,不服事疗养;死亡后,不给葬埋。主张别(相恶)的士子言论如此,行为如此。主张兼(相爱)的士子言论不是这样,行为也不是这样。他说:"我听说作为天下的高士,必须对待朋友之身如自己之身,看待朋友的双亲如自己的双亲。这以后就可以成为天下的高士。"所以他看到朋友饥饿时,就给他吃;受冻时,就给他穿;疾病时前去服侍,死亡后给予葬埋。主张兼(相爱)的士人的言论如此,行为也如此。这两个士子,言论相非而行为相反吗?假使这两个士子,言出必信,行为必果,他们的言与行就像符节一样符合,没有什么话不能实行。既然如此,那么请问:现在这里有一平原旷野,人们将披甲戴盔前往作战,死生之变不可预知;又有国君的大夫出使遥远的巴、越、齐、楚,去后能否回来不可预知。那么请问:他要托庇家室,奉养父母,寄顿自己的妻子,究竟是去拜托那主张兼(相爱)的人呢?还是去拜托那主张别(相恶)的人呢?我认为在这个时候,无论天下的愚夫愚妇,即使反对兼(相爱)的人,也必然要寄托给主张兼(相爱)的人。说话否定兼(相爱),(找人帮忙)却选择兼(相爱)的人,这就是言行相违背。我不知道天下的人都听到兼(相爱)而非议它的作法,原因在哪里?

然而天下的士子,攻击兼爱的言论还是没有停止,说道:"或许可以用这种理论选择士人,但却不可以用它选择国君吧?"姑且试着让两者各尽其见。假设这里有两个国君,其中一个主张兼的观点,另一个主张别的观点。所以主张别的国君会说:"我怎能对待我的万民之身,就对待自己之身呢?这太不合天下人的情理了。人生在世上并没有多少时间,就好像马车奔驰缝隙那样短暂。"所以他返身看到他的万民挨饿,就不给吃,受冻就不给穿,有疾病就不给疗养,死亡后不给葬埋。主张别的国君的言论如此,行为如此。主张兼的国君的言论不是这样,行为也不是这样。他说:"我听说在天下做一位明君,必须先看重万民之身,然后才看重自己之身,这以后才可以在天下做一位明君。"所以他返身看到他的百姓挨饿,就给他吃,受冻就给他穿,生了病就给他疗养,死亡后就给予埋葬。主张兼的君主的言论如此,行为如此。既然这样,那么这两个国君,言论相非而行为相反?假使这两个国君,言必信,行必果,使言行符合得像符节一样,没有说过的话不能实现。既然如此,那么请问:假如今年有瘟疫,万民大多因劳苦和冻饿而辗转

文学常识丛书

死于沟壑之中的，已经很多了。不知道从这两个国君中选择一位，将会跟随哪一位呢？我认为在这个时候，无论天下的愚夫愚妇，即使是反对兼爱的人，也必定跟随主张兼的国君了。在言论上反对兼，而在选择时则采用兼，这就是言行相违背。不知道天下的人听到兼的主张而非难它的做法，其原因是什么。

然而天下的士子，非难兼爱的言论还是没有停止，说道："兼爱算得上是仁，也算得上是义了。即使如此，难道可以做得到吗？我打个比方，兼爱的行不通，就像提举泰山超越长江、黄河一样。所以兼爱只不过是一种愿望而已，难道是做得到的事吗？"墨子说："提举泰山超越长江、黄河，自古及今，生民以来，还不曾不过。现在至于说兼相爱、交相利，这则是自先圣六王就亲自实行过的。"怎么知道先圣六王亲自实行了呢？墨子说："我并不和他们处于同一时代，能亲自听到他们的声音，亲眼见到他们的容色，我是从他们书写在简帛上、镂刻在钟鼎石碑上、雕琢在盘盂上，并留给后世子孙的文献中知道这些的。"《泰誓》上说："文王像太阳，像月亮一样照耀，光辉遍及四方，遍及西周大地。"这就是说文王兼爱天下的广大，好像太阳、月亮兼照天下，而没有偏私。这就是文王的兼爱。即使墨子所说的兼爱，也是从文王那里取法的！

而且不只《泰誓》这样记载，即使大禹的誓言也这样说。大禹说："你们众位士子，都听从我的话：不是我小子敢横行作乱，而是苗民在蠢动，因而上天对他们降下惩罚。现在我率领众邦的各位君长，去征讨有苗。"大禹征讨有苗，不是为求取和看重富贵，也不是干求福禄，使耳目享受声色之乐，而是为了追求兴起天下的利益，除去天下的祸害。这就是大禹的兼爱。即使墨子所说的兼爱，也是从大禹那里取的！

而且并不只《禹誓》这样记载，即使汤的言辞也是如此，汤说："我小子履，敢用黑色的公牛，祭告于皇天后土说：'现在天大旱，我自己也不知道什么缘故得罪了天地。于今有善不敢隐瞒，有罪也不敢宽饶，这一切都鉴察在上帝的心里。万方有罪，由我一人承担；我自己有罪，不要累及万方。'"这说的是商汤贵为天子，富有天下，然而尚且不惜以身作为牺牲祭品，用言辞向上帝鬼神祷告。这就是商汤的兼爱，即使墨子的兼爱，也是从汤那里取法的。

而且不只大禹的誓言和商汤的言辞是这样，周人的诗也有这类的话。周诗上说："王道荡荡，不偏私不结党；王道平平，不结党不偏私；君子在王道上引导，小人在后面望着行。"如果以我所说的话不符合道，则古时周文王、周武王为政公平，赏贤罚暴，不偏私父母兄弟。这就是周文王、武王的兼爱，即使墨子所说的兼爱，也是从文王、武王那里取法的。不知道天下的人一听到兼爱就非难，究竟是什么原因。

绝妙佳句

仁人之事者，必务求兴天下之利，除天下之害。

文学常识丛书

作者简介

　　孟子,名轲(约前 372—前 289 年),战国时期邹国(今山东省邹县东南)人。他是鲁国贵族孟孙氏的后代,学术渊源与孔门一脉相承。孟子是战国时期伟大的思想家,儒家的主要代表之一。他幼年丧父,家庭贫困,曾受业于子思的学生。学成以后,以士的身份游说诸侯,企图推行自己的政治主张,到过梁(魏)国、齐国、宋国、滕国、鲁国。当时几个大国都致力于富国强兵,争取通过暴力的手段实现统一。孟子的仁政学说被认为是"迂远而阔于事情",没有得到实行的机会。最后退居讲学,和他的学生一起,"序《诗》《书》,述仲尼之意,著有《孟子》一书流传于世。

滕文公下

景春①曰:"公孙衍②、张仪③岂不诚大丈夫哉? 一怒而诸侯惧,安居而天下④。"

孟子曰:"是焉得为大丈夫乎? 子未学礼乎? 丈夫之冠也,父命之⑤;女子之嫁也,母命之,往送之门,戒之曰:'往之女家,必敬必戒,无违夫子!'以顺为正者,妾妇之道也。居天下之广居,立天下之正位,行天下之大道⑥;得志,与民由之;不得志,独行其道。富贵不能淫,贫贱不能移,威武不能屈,此之谓大丈夫。"

①景春:人名,纵横家的信徒。

②公孙衍:人名,即魏国人犀首,著名的说客。

③张仪:魏国人,与苏秦同为纵横家的主要代表。致力于游以路横去服从秦国,与苏秦"合纵"相对。

④安居而天下:指战火熄灭,天下太平。

⑤丈夫之冠也,父命之:古代男子到二十岁叫做成年,行加冠礼,父亲开导他。

⑥广居、正位、大道:广居,仁也;正位,礼也;大道,义也。

文学常识丛书

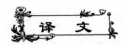
　　景春说："公孙衍和张仪难道不是真正的大丈夫吗？发起怒来，诸侯们都会害怕；安静下来，天下就会平安无事。"

　　孟子说："这个怎么能够叫大丈夫呢？你没有学过礼吗？男子举行加冠礼的时候，父亲给予训导；女子出嫁的时候，母亲给予训导，送她到门口，告诫她说：'到了你丈夫家里，一定要恭敬.一定要谨慎，不要违背你的丈夫！'以顺从为原则的，是妾妇之道。至于大丈夫，则应该住在天下最宽广的住宅里，站在天下最正确的位置上，走着天下最光明的大道。得志的时候，便与老百姓一同前进；不得志的时候，便独自坚持自己的原则。富贵不能使我骄奢淫逸，贫贱不能使我改移节操，威武不能使我屈服意志。这样才叫做大丈夫！"

绝妙佳句

　　富贵不能淫，贫贱不能移，威武不能屈。

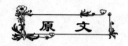

寡人之于国也

梁惠王曰:"寡人之于国也,尽心焉耳矣。河内凶①,则移其民于河东,移其粟于河内。河东凶亦然。察邻国之政,无如寡人之用心者。邻国之民不加少,寡人之民不加多,何也?"

孟子对曰:"王好②战,请以战喻③。填然鼓之,兵刃既接,弃甲曳兵④而走,或百步而后止,或五十步而后止。以五十步笑百步,则何如?"

曰:"不可。直⑤不百步耳,是亦走也。"

曰:"王如知此,则无望民之多于邻国也。不违农时,谷不可胜食也。数罟不入洿池⑥,鱼鳖不可胜食也。斧斤以时入山林,材木不可胜用也。谷与鱼鳖不可胜食,材木不可胜用,是使民养生丧死无憾也。养生丧死无憾,王道之始也。"

"五亩之宅,树之以桑,五十者可以衣帛矣。鸡豚狗彘⑦之畜,无失其时,七十者可以食肉矣;百亩之田,勿夺⑧其时,数口之家可以无饥矣;谨庠序⑨之教,申之以孝悌⑩之义,颁白⑪者不负戴于道路矣。七十者衣帛食肉,黎民不饥不寒,然而不王者,未之有也。"

"狗彘食人食而不知检,途有饿莩⑫而不知发。人死,则曰:'非我也,岁也。'是何异于刺人而杀之,曰:'非我也,兵也。'王无罪岁,斯天下之民至焉。"

文学常识丛书

注　释

①凶:年成不好。

②好(hào)战:喜好征战。

③喻:打比方以说明。

④弃甲曳(yè)兵:丢弃铠甲,倒拖兵器逃跑。

⑤直:只是。

⑥数罟(gǔ):密网。洿(wū)池:池塘。

⑦鸡豚(tún)狗彘(zhì):豚,小猪;彘,猪。

⑧夺:丧失、夺取。

⑨庠(xiáng)序:学校,殷时叫序,周时叫庠。

⑩孝悌(tì):尊敬父母礼敬兄长。

⑪颁(bān)白:(头发)斑白。

⑫饿莩(piǎo):饿死的人。

译　文

梁惠王说:"我治理梁国,真是费尽心力了。河内地方遭了饥荒,我便把那里的百姓迁移到河东,同时把河东的粮食运到河内。河东遭了饥荒,也这样办。我曾经考察过邻国的政事,没有谁能像我这样尽心的。可是,邻国的百姓并不因此减少,我的百姓并不因此加多,这是什么缘故呢?"

孟子回答说:"大王喜欢战争,那就请让我用战争打个比喻吧。战鼓冬冬敲响,枪尖刀锋刚一接触,有些士兵就抛下盔甲,拖着兵器向后逃跑。有的人跑了一百步停住脚,有的人跑了五十步停住脚。那些跑了五十步的士兵,竟耻笑跑了一百步的士兵,可以吗?"

惠王说："不可以。只不过他们没有跑到一百步罢了，但这也是逃跑呀。"

孟子说："大王如果懂得这个道理，那就不要希望百姓比邻国多了。如果兵役徭役不妨害农业生产的季节，粮食便会吃不完；如果细密的鱼网不到深的池沼里去捕鱼，鱼鳖就会吃不光；如果按季节拿着斧头入山砍伐树木，木材就会用不尽。粮食和鱼鳖吃不完，木材用不尽，那么百姓便对生养死葬没有什么遗憾。百姓对生养死葬都没有遗憾，就是王道的开端了。"

"分给百姓五亩大的宅园，种植桑树，那么，五十岁以上的人都可以穿丝绸了。鸡狗和猪等家畜，百姓能够适时饲养，那么，七十岁以上的老人都可以吃肉了。每家人有百亩的耕地，官府不去妨碍他们的生产季节，那么，几口人的家庭可以不挨饿了。认真地办好学校，反复地用孝顺父母、尊敬兄长的大道理教导老百姓，那么，须发花白的老人也就不会自己背负或顶着重物在路上行走了。七十岁以上的人有丝绸穿，有肉吃，普通百姓饿不着、冻不着，这样还不能实行王道，是从来不曾有过的事。"

"现在的梁国呢，富贵人家的猪狗吃掉了百姓的粮食，却不约束制止；道路上有饿死的人，却不打开粮仓赈救。老百姓死了，竟然说：'这不是我的罪过，而是由于年成不好。'这种说法和拿着刀子杀死了人，却说'这不是我杀的而是兵器杀的'，又有什么不同呢？大王如果不归罪到年成，那么天下的老百姓就会投奔到梁国来了。"

王无罪岁，斯天下之民至焉。

以义治国，何必言利

天下为公

　　孟子见梁惠王①。王曰："叟②！不远千里而来，亦将有以利吾国乎？"

　　孟子对曰："王！何必曰利？亦③有仁义而已矣。王曰，'何以利吾国？'大夫曰，'何以利吾家？'土庶人④曰，'何以利吾身？'上下交征⑤利而国危矣。万乘之国，弑⑥其君者，必千乘之家；千乘之国，弑其君者，必百乘之家⑦。万取千焉，千取百焉，不为不多矣。苟⑧为后义而先利，不夺不餍⑨。未有仁而遗⑩其亲者也，未有义而后其君者也。王亦曰仁义而已矣，何必曰利？"

35

　　①梁惠王：就是魏惠王（前400—前319），惠是他的谥号。公元前370年继他父亲魏武侯即位，即位后九年由旧都安邑，所以又叫梁惠王。

　　②叟(sǒu)：老人。

　　③亦：这里是"只"的意思。

　　④土庶人：土和庶人。庶人即老百姓。

　　⑤交征：互相争夺。征，取。

　　⑥弑：下杀上，卑杀尊，臣杀君叫弑。

　　⑦万乘、千乘、百乘：古代用四匹马拉的一辆兵车叫一乘，诸侯国的大

小以兵车的多少来衡量。据刘向《战国策·序》说,战国末期的万乘之国有韩、赵、魏(梁)、燕、齐、楚、秦七国,千乘之国有宋、卫、中山以及东周、西周。至于千乘、百乘之家的"家",则是指拥有封邑的公卿大夫。

⑧苟:如果。

⑨餍(yàn):满足。

⑩遗:遗弃,抛弃。

译 文

孟子拜见梁惠王。梁惠王说:"老先生,你不远千里而来,一定是有什么对我的国家有利的高见吧?"

孟子回答说:"大王!何必说利呢?只要说仁义就行了。大王说'怎样使我的国家有利?'大夫说,'怎样使我的家庭有利?'一般人士和老百姓说,'怎样使我自己有利?'结果是上上下下互相争夺利益,国家就危险了啊!在一个拥有一万辆兵车的国家里,杀害他们国君的人,一定是拥有一千辆兵车的大夫;在一个拥有一千辆兵车的国家里,杀害他们国君的人,一定是拥有一百辆兵车的大夫。这些大夫在一万辆兵车的国家中就拥有一千辆,在一千辆兵车的国家中就拥有一百辆,他们的拥有不算不多。他们不夺得国君的地位是永远不会满足的。反过来说,凡是讲"仁"的人,从来没有抛弃父母的,凡是讲义的人,也从来没有不顾君王的。所以,大王只说仁义就行了,何必说利呢?"

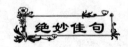

绝妙佳句

何必日利?亦有仁义而已矣。

父母官的职责

梁惠王曰："寡人愿安①承教。"孟子对曰："杀人以梃②与刃，有以异乎？"曰："无以异也。""以刃与政，有以异乎？"曰："无以异也。"曰："庖③有肥肉，厩④有肥马，民有饥色，野有饿莩。此率兽而食人也！兽相食，且人恶⑤之；为民父母，行政，不免于率兽而食人，恶⑥在其为民父母也？仲尼曰：'始作俑者⑦，其无后乎！'为其象⑧人而用之也。如之何其使斯民饥而死也？"

注释

①安：乐意。

②梃（tǐng）：木棒。

③庖（páo）：厨房。

④厩（jiù）：马栏。

⑤且人恶（wù）之：按现在的词序，应是"人且恶之"。且，尚且。

⑥恶：疑问副词，何，怎么。

⑦俑（yǒng）：古代陪葬用的土偶、木偶。在用土偶、木偶陪葬之前，经历了一个用草人陪葬的阶段。草人只是略略像人形，而土偶、木偶却做得非常像活人。所以孔子深恶痛绝最初采用土偶、木偶陪葬的人。"始作俑者"就是指这最初采用土偶、木偶陪葬的人。后来这句话成为成语，指首开恶

例的人。

⑧象：同"像"。

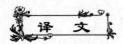
梁惠王说："我很乐意听您的指教。"

孟子回答说："用木棒打死人和用刀子杀死人有什么不同吗？"

梁惠王说："没有什么不同。"

孟子又问："用刀子杀死人和用政治害死人有什么不同吗？"

梁惠王回答："没有什么不同。"

孟子于是说："厨房里有肥嫩的肉，马房里有健壮的马，可是老百姓面带饥色，野外躺着饿死的人。这等于是在上位的人率领着野兽吃人啊！野兽自相残杀，人尚且厌恶它；作为老百姓的父母官，施行政治，却不免于率领野兽来吃人，那又怎么能够做老百姓的父母官呢？孔子说：'最初采用土偶木偶陪葬的人，该是会断子绝孙吧！'这不过是因为土偶木偶太像活人而用来陪葬罢了。又怎么可以使老百姓活活地饿死呢？"

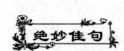
绝妙佳句

庖有肥肉，厩有肥马，民有饥色，野有饿莩。此率兽而食人也！

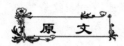

衣食足而知礼仪

王曰:"吾惛①,不能进于是矣。愿夫子辅吾志,明以教我,我虽不敏,请尝试之。"

曰:"无恒产②而有恒心者,惟士为能。若③民,则无恒产,因无恒心。苟无恒心,放辟邪侈④无不为已。及陷于罪,然后从而刑之是罔民⑤也。焉有仁人在位罔民而可为也?是故明君制⑥民之产,必是仰足以事父母,俯足以畜妻子;乐岁终身饱,凶年免于死亡。然后驱而之善,故民之从之也轻⑦。

"今也制民之产,仰不足以事父母,俯不足以畜妻子;乐岁终身苦,凶年不免于死亡。此惟救死而恐不赡⑧,奚暇⑨礼仪哉?

"王欲行之则盍反其本矣?五亩之宅,树之以桑,五十者可以衣帛矣。鸡豚狗彘之畜,无失其时,七十者可以食肉矣。百亩之田,勿夺其时,八口之家可以无饥矣。谨庠序之教,申之以孝悌之义,颁白者不负戴于道路矣。老者衣锦食肉,黎民不饥不寒,然而不王者,未之有也。"

①惛(hūn):同"昏",昏乱,糊涂。

②恒产：可以赖以维持生活的固定财产。如土地、田园、林木、牧畜等。

③若：转折连词，至于。

④放：放荡。辟：同"僻"与"邪"的意思相近，均指歪门邪道；侈：放纵挥霍。放辟邪侈指放纵邪欲违法乱纪。

⑤罔：同"网"，有"陷害"的意思。

⑥制：订立制度、政策。

⑦轻：轻松，容易。

⑧赡(shàn)：足够，充足。

⑨奚暇：怎么顾得上。奚，疑问词，怎么，哪有。暇，余暇，空闲。

齐宣王说："我头脑昏乱，对您的说法不能作进一步的领会。希望先生开导我的心志，更明确的教我。我虽然不聪明，也不妨试它一试。"

孟子说："没有固定的产业收入却有固定的道德观念，只有读书人才能做到，至于一般老百姓，如果没有固定的产业收入，也就没有固定的道德观念。一旦没有固定的道德观念，那就会胡作非为，什么事都做得出来。等到他们犯了罪，然后才去加以处罚，这等于是陷害他们。哪里有仁慈的人在位执政却去陷害百姓的呢？所以，贤明的国君制定产业政策，一定要让他们上足以赡养父母，下足以抚养妻子儿女；好年成丰衣足食，坏年成也不致饿死。然后督促他们走善良的道路，老百姓也就很容易听从了。

"现在各国的国君制定老百姓的产业政策，上不足以赡养父母，下不足以抚养妻子儿女；好年成尚且艰难困苦，坏年成更是性命难保。到了这个地步，老百姓连保命都恐怕来不及哩，哪里还有什么工夫来修养礼仪呢？

"大王如果想施行仁政，为什么不从根本上着手呢？在五亩大的宅园

文学常识丛书

中种上桑树,五十岁以上的老人都可以穿上丝绵衣服了。鸡狗猪等家禽家畜好好养起来,七十岁以上的老人都可以有肉吃了。百亩的耕地,不要去妨碍他们的生产,八口人的家庭都可以吃得饱饱的了。认真地兴办学校,用孝顺父母尊敬兄长的道理反复教导学生,头发斑白的人也就不会在路上负重行走了。老年人有丝绵衣服穿、有肉吃,一般老百姓吃得饱、穿得暖,这样还不能使天下归服,是从来没有过的。"

天下为公

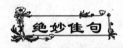

焉有仁人在位罔民而可为也?

41

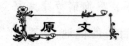
乐以天下，忧以天下

　　齐宣王见孟子于雪宫①。王曰："贤者亦有此乐乎？"

　　孟子对曰："有。人不得，则非②其上矣。不得而非其上者，非③也；为民上而不与民同乐者，亦非也。乐民之乐者，民亦乐其乐；忧民之忧者，民亦忧其忧。乐以天下，忧以天下，然而不王者，未之有也。

　　"昔者齐景公④问于晏子⑤曰：'吾欲观于转附、朝舞⑥，遵海而南，放于琅玡⑦。吾何修而可以比于先王观也？'

　　"晏子对曰：'善哉问也！天子适诸侯曰巡狩，巡狩者巡所守也；诸侯朝于天子曰述职，述职者述所职也。无非事者。春省耕而补不足，秋省敛而助不给。夏谚曰："吾王不游，吾何以休？吾王不豫⑧，吾何以助？一游一豫，为诸侯度。"今也不然：师行而粮食，饥者弗食，劳者弗息。睊睊胥谗⑨，民乃作慝⑩。方命⑪虐民，饮食若流。流连荒亡，为诸侯忧。从流下而忘反谓之流，从流上而忘反谓之连，从兽无厌谓之荒，乐酒无厌谓之亡。先王无流连之乐，荒亡之行。惟君所行也。'

　　"景公悦，大戒⑫于国，出舍于郊。于是始兴发补不足。召大师⑬曰：'为我作君臣相说之乐！'盖《徵招》《角招》⑭是也。其诗曰：'畜君何尤⑮？'畜君者，好君也。"

注 释

①雪宫：齐宣王的离宫。古代帝王在正宫以外临时居住的宫室，相当于当今的别墅之类。

②非：动词，认为……非，即非难，埋怨。

③非：不对，错误。

④齐景公：春秋时代齐国国君，公元前547—前490年在位。

⑤晏子：春秋时齐国贤相，名婴，《晏子春秋》一书记载了他的事迹和学说。

⑥转附、朝舞：均为山名。

⑦琅玡：山名，在今山东省诸城东南。

⑧豫：义同"游"。

⑨睊睊：因愤恨侧目而视的样子。

⑩胥：皆，都；谗：毁谤，说坏话。慝：恶。

⑪方命：违反命令。方，反，违反。

⑫大戒：充分的准备。

⑬大师：读为"太师"，古代的乐官。

⑭《徵招》《角招》：与角是古代五音（宫、商、角、徵、羽）中的两个，招同"韶"，乐曲名。

⑮畜（xù）：爱好，喜爱。尤：错误，过失。

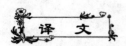

　　齐宣王在别墅雪宫里接见孟子。宣王说："贤人也有在这样的别墅里居住游玩的快乐吗？"

　　孟子回答说："有。人们要是得不到这种快乐，就会埋怨他们的国君。得不到这种快乐就埋怨国君是不对的；可是作为老百姓的领导人而不与民同乐也是不对的。国君以老百姓的忧愁为忧愁，老百姓也会以国君的忧愁为忧愁。以天下人的快乐为快乐，以天下人的忧愁为忧愁，这样还不能够使天下归服，是没有过的。

　　"从前齐景公问晏子说：'我想到转附、朝舞两座山去观光游览，然后沿着海岸向南行，到齐国的各地去看一看，最后到琅玡。我该怎样做才能够和古代圣贤君王的巡游相比呢？'

　　"晏子回答说：'问得好呀！天子到诸侯国家去叫做巡狩。巡狩就是巡视各诸侯所守疆土的意思。诸侯去朝见天子叫述职。述职就是报告在他职责内的工作的意思。没有不和工作有关系的。春天里巡视耕种情况，对粮食不够吃的给予补助；秋天里巡视收获情况，对歉收的给予补助。夏朝的谚语说：我王不出来游历，我怎么能得到休息？我王不出来巡视，我怎么能得到赏赐？一游历一巡视足矣。作为诸侯的法度，现在可不是这样了。国君一出游就兴师动众，索取粮食；饥饿的人得不到粮食补助，劳苦的人得不到休息，大家侧目而视，怨声载道，违法乱记的事情也就做出来了。这种出游违背天意，虐待百姓，大吃大喝如同流水一样浪费，真是流连荒亡，连诸侯们都为此而忧虑。什么叫流连荒亡呢？从上游向下游的游玩乐而忘返叫做流；从下游向上游的游玩乐而忘返叫做连；打猎不知厌倦叫做荒；嗜酒不加节制叫做亡。古代圣贤君王既无流连的享乐，也无荒亡的行

为。只要明白了这些道理，至于大王您的行为，只有您自己选择了。'

"齐景公听了晏子的话非常高兴，先在都城内作了充分的准备，然后驻扎在郊外，打开仓库赈济贫困的人。又召集乐官说：'给我创作一些君臣同乐的乐曲！'这就是《徵招》《角招》。其中的歌词说：'畜君有什么不对呢？''畜君'，就是热爱国君的意思。"

乐民之乐者，民亦乐其乐；忧民之忧者，民亦忧其忧。乐以天下，忧以天下，然而不王者，未之有也。

作者简介

庄子(约前369年—前286年),名周,字子休,战国时代宋国蒙(今安徽蒙城)人。著名思想家、哲学家、文学家,是道家学派的代表人物,老子哲学思想的继承者和发展者,先秦庄子学派的创始人。他的学说涵盖着当时社会生活的方方面面,但根本精神还是归依于老子的哲学。后世将他与老子并称为"老庄",他们的哲学为"老庄哲学"。

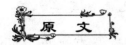
人间世(节选)

　　叶公子高将使于齐①,问于仲尼曰:"王使诸梁也甚重②,齐之待使者,盖将甚敬而不急,匹夫犹未可动,而况诸侯乎!吾甚栗之③。子常语诸梁也曰:'凡事若小若大④,寡不道以懽成⑤。事若不成,则必有人道之患⑥;事若成,则必有阴阳之患⑦。若成若不成而后无患者,惟有德者能之。'吾食也执粗而不臧⑧,爨无欲清之人⑨。今吾朝受命而夕饮冰,我其内热与⑩!吾未至乎事之情⑪,而既有阴阳之患矣;事若不成,必有人道之患。是两也,为人臣者不足以任之⑫,子其有以语我来!"

　　仲尼曰:"天下有大戒二⑬:其一命也,其一义也。子之爱亲,命也,不可解于心;臣之事君,义也,无适而非君也⑭,无所逃于天地之间。是之谓大戒。是以夫事其亲者,不择地而安之,孝之至也;夫事其君者,不择事而安之,忠之盛也⑮;自事其心者⑯,哀乐不易施乎前⑰,知其不可奈何而安之若命,德之至也。为人臣子者,固有所不得已。行事之情而忘其身,何暇至于悦生而恶生!夫子其行可矣!

　　"丘请复以所闻:凡交近则必相靡以信⑱,远则必忠之以言⑲,言必或传之。夫传两喜两怒之言⑳,天下之难者也。夫

47

两喜必多溢美之言㉑，两怒必多溢恶之言。凡溢之类妄㉒，妄则其信之也莫㉓，莫则传言者殃。故法言曰㉔：'传其常情，无传其溢言，则几乎全'㉕。且以巧斗力者㉖，始乎阳㉗，常卒乎阴㉘，秦至则多奇巧㉙；以礼饮酒者，始乎治㉚，常卒乎乱，秦至则多奇乐㉛。凡事亦然：始乎谅㉜，常卒乎鄙㉝；其作始也简，其将毕也必巨。

"言者，风波也；行者，实丧也㉞。夫风波易以动，实丧易以危。故忿设无由㉟，巧言偏辞㊱。兽死不择音，气息茀然㊲，于是并生心厉㊳。克核大至㊴，则必有不肖之心应之㊵，而不知其然也。苟为不知其然也，孰知其所终！故法言曰：'无迁令㊶，无劝成㊷，过度益也㊸'。迁令劝成殆事㊹，美成在久㊺，恶成不及改，可不慎与！且夫乘物以游心㊻，托不得已以养中㊼，至矣。何作为报也㊽！莫若为致命㊾，此其难者！"

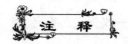

注 释

①叶公子高：楚庄王玄孙尹成子，名诸梁，字子高，为楚大夫。自僭（jiàn）为"公"，故有"叶公子高"之称。使：出使。

②使诸梁：以诸梁为使。

③栗：恐惧。

④若：或者。

⑤寡：少。道：由，通过。懽（huān）："欢"字的异体，今简作"欢"。"欢成"，指圆满的结果。

⑥人道之患：人为的祸害，指国君的惩罚。

⑦阴:事未办成时的忧惧。阳:事已办成时的喜悦。这里是说忽忧忽喜而交集于心,势必失调以致病患。

⑧执粗:食用粗茶淡饭。臧:好。"不臧"指不精美的食品。

⑨爨(cuàn):炊,烹饪食物。这句话颇费解,联系上下文大意是,烹饪食物也就无须解凉散热的人。

⑩内热:内心烦躁和焦虑。

⑪情:真实。

⑫任:承担。

⑬戒:法。"大戒"指人生足以为戒的大法。

⑭无适而非君也:适,往、到。全句是说,天下虽大,但所到之处,没有不受国君统治的地方。

⑮盛:极点、顶点。

⑯自事其心:侍奉自己的心思,意思是注意培养自己的道德修养。

49

⑰施(yí):移动,影响。

⑱靡(mó):通作"摩",爱抚顺从的意思。一说通作"縻",维系的意思。"相靡以信",用诚信相互和顺与亲近。

⑲忠之以言:用忠实的语言相交。一说"忠"字为"志"字之误,"志"为固字之古体。

⑳两喜两怒之言:两国国君或喜或怒的言辞。

㉑溢:满,超出。"溢美之言"指过分夸赞的言辞。下句"溢恶之言"对文,指过分憎恶的话。

㉒妄:虚假。

㉓莫:薄。"信之以莫"意思是真实程度值得怀疑。

㉔法言:古代的格言。

㉕全:保全。

㉖斗力：相互较力，犹言相互争斗。

㉗阳：指公开地争斗。

㉘卒：终。阴：指暗地里使计谋。

㉙泰至：大至，达到极点。奇巧：指玩弄阴谋。

㉚治：指合乎常理和规矩。

㉛奇乐：放纵无度。

㉜谅：取信，相互信任。

㉝鄙：恶，欺诈。

㉞实丧：得失。这句话是说，传递语言总会有得有失。

㉟设：置，含有发作、产生的意思。

㊱巧：虚浮不实。偏：片面的。

㊲荓（bó）：通作"勃"；"荓然"，气息急促的样子。

㊳厉：狠虐；"心厉"，指伤害人的恶念。

㊴克："克"字的异体。"克核"，即苛责。

㊵不肖：不善，不正。

㊶迁：改变。

㊷劝：勉力；这里含有力不能及却勉强去做的意思。成：指办成功什么事。"劝成"，意思是勉强让人去做成某一件事。

㊸益：添加。一说"益"就是"溢"的意思，即前面所说的"溢之类妄"的含意。

㊹殆：危险。"殆事"犹言"坏事"。

㊺美成：意思是美好的事情要做成功。下句"恶成"对文，意思是坏事做成了。

㊻乘物：顺应客观事物。

㊼中：中气，这里指神智。

⑱作：作意。大意是何必为齐国作意其间。

⑲为致命：原原本本地传达国君的意见。一说"命"当讲作天命，即自然的意思，则全句大意是不如顺应自然。

51

译 文

叶公子高将要出使齐国，他向孔子请教："楚王派我诸梁出使齐国，责任重大。齐国接待外来使节，总是表面恭敬而内心怠慢。平常老百姓尚且不易说服，何况是诸侯呢！我心里十分害怕。您常对我说：'事情无论大小，很少有不通过言语的交往可以获得圆满结果的。事情如果办不成功，那么必定会受到国君惩罚；事情如果办成功了，那又一定会忧喜交集酿出病害。事情办成功或者办不成功都不会留下祸患，只有道德高尚的人才能做到。'我每天吃的都是粗糙不精美的食物，烹饪食物的人也就无须解凉散热。我今天早上接受国君诏命到了晚上就得饮用冰水，恐怕是因为我内心焦躁担忧吧！我还不曾接触到事的真情，就已经有了忧喜交加所导致的病患；事情假如真办不成，那一定还会受到国君惩罚。成与不成这两种结果，做臣子的我都不足以承担，先生你大概有什么可以教导我吧！"

孔子说："天下有两个足以为戒的大法：一是天命，一是道义。做儿女的敬爱双亲，这是自然的天性，是无法从内心解释的；臣子侍奉国君，这是人为的道义，天地之间无论到什么地方都不会没有国君的统治，这是无法逃避的现实。这就叫做足以为戒的大法。所以侍奉双亲的人，无论什么样的境遇都要使父母安适，这是孝心的最高表现；侍奉国君的人，无论办什么样的事都要让国君放心，这是尽忠的极点。注重自我修养的人，悲哀和欢乐都不容易使他受到影响，知道世事艰难，无可奈何却又能安于处境、顺应自然,这就是道德修养的最高境界。做臣子的原本就会有不得已的事情,遇事要能把握真情并忘掉自身,哪里还顾得上眷恋人生、厌恶死亡呢! 你这样去做就可以了!

"不过我还是把我所听到的道理再告诉你:不凡与邻近国家交往一定要用诚信使相互之间和顺亲近,而与远方国家交往则必定要用语言来表示相互间的忠诚。国家间交往的语言总得有人相互传递。传递两国国君喜怒的言辞,乃是天下最困难的事。两国国君喜悦的言辞必定添加了许多过分的夸赞,两国国君愤怒的言辞必定添加了许多过分的憎恶。大凡过度的话语都类似于虚构,虚构的言辞其真实程度也就值得怀疑,国君产生怀疑传达信息的使者就要遭殃。所以古代格言说:'传达平实的言辞,不要传达过分的话语,那么也就差不多可以保全自己了'。况且以智巧相互较量的人,开始时平和开朗,后来就常常暗使计谋,达到极点时则大耍阴谋、倍生诡计。按照礼节饮酒的人,开始时规规矩矩合乎人情,到后来常常就一片混乱大失礼仪,达到极点时则荒诞淫乐、放纵无度。无论什么事情恐怕都是这样:开始时相互信任,到头来互相欺诈;开始时单纯细微,临近结束时便变得纷繁巨大。

"言语犹如风吹的水波,传达言语定会有得有失。风吹波浪容易动荡,有了得失容易出现危难。所以愤怒发作没有别的什么缘由,就是因为言辞虚浮而又片面失当。猛兽临死时什么声音都叫得出来,气息急促喘息不定,于是迸发伤人害命的恶念。大凡过分苛责,必会产生不好的念头来应付,而他自己也不知道这是怎么回事。假如做了些什么而他自己却又不知道那是怎么回事,谁还能知道他会有怎样的结果! 所以古代格言说:'不要随意改变已经下达的命令,不要勉强他人去做力不从心的事,说话过头一定是多余、添加的'。改变成命或者强人所难都是危险,成就一桩好事要经历很长的时间,坏事一旦做出悔改是来不及的。行为处世能不审慎吗！至于顺应自然而使心志自在遨游，一切都寄托于无可奈何以养蓄神智，这就是最好的办法。有什么必要作意回报！不如原原本本地传达国君所给的使命，这样做有什么困难呢！"

凡交近则必相靡以信，远则必忠之以言，言必或传之。

53

作者简介

贾谊(公元前200—前168年)汉初杰出的政治家、思想家和文学家。河南郡洛阳人。18岁便以饱读《诗》《书》善写文章名扬郡中,为郡守吴公召于门下,后荐于汉文帝,任博士。参与朝政议论,见识超群,一年间越级升为太中大夫。因建议改定制度法令及命列侯就国,遭到守旧派周勃、灌婴等人谗害,被贬为长沙王太傅,抑郁悲愤,写出著名的《吊屈原赋》和《鹏鸟赋》。数年后召回长安,任梁怀王太傅。先后多次上疏,提出重农业、行仁政、削弱诸侯势力、制服匈奴侵扰等重要政见和具体措施。后梁怀王堕马死,谊恍伤过度,哭泣亦死,年仅33岁。

贾谊在政治上有远见卓识,能洞察隐微,善于总结历史经验教训,能抓住当前社会主要问题,预见未来隐患,作出精辟分析,提出有效对策。如《过秦论》《治安策》等名文都显示出他卓越的政治见解和对国家大事极其关切的激情。故刘向把他比为古之伊尹、管仲。在思想上,以儒家思想为主,主张国家应以民为本,施行仁政,重视礼乐,严明等级;同时也杂有法家运用法术势,力主中央集权,削弱诸侯权势和道家的貌似旷达实为消极等思想。贾谊散文开两汉政论风气之先,扣紧时代脉搏,篇篇针砭时弊。其突出的特点是:透辟晓畅,深刻犀利,言词激切,理足气盛,排比渲染,词采绚丽。影响所及,非但两汉,下及唐宋奏议,骈文莫不受其遗泽。

54

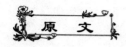

论积贮疏

管子曰①："仓廪实而知礼节②。"民不足而可治者，自古及今，未之尝闻③。古之人曰④："一夫不耕，或受之饥⑤；一女不织，或受之寒。"生之有时，而用之亡度⑥，则物力必屈⑦。古之治天下，至孅至悉也⑧，故其畜积足恃⑨。今背本而趋末⑩，食者甚众，是天下之大残也⑪；淫侈之俗，日日以长⑫，是天下之大贼也⑬。残贼公行，莫之或止⑭；大命将泛⑮，莫之振救⑯。生之者甚少，而靡之者甚多⑰，天下财产何得不蹷⑱？汉之为汉几四十年矣⑲，公私之积犹可哀痛⑳。失时不雨，民且狼顾㉑。岁恶不入㉒，请卖爵子㉓，既闻耳矣㉔，安有为天下呫危者若是而上不惊者㉕？

世之有饥穰㉖，天之行也㉗，禹汤被之矣㉘。即不幸有方二三千里之旱㉙，国胡以相恤㉚？卒然边境有急㉛，数千百万之众，国胡以馈之㉜？兵旱相乘㉝，天下大屈㉞。有勇力者聚徒而衡击㉟；罢夫羸老㊱，易子而咬其骨㊲。政治未毕通也㊳，远方之能疑者㊴，并举而争起矣。迺骇而图之㊵，岂将有及乎㊶？

夫积贮者，天下之大命也㊷。苟粟多而财有余，何为而不成？以攻则取㊸，以守则固，以战则胜。怀敌附远㊹，何招而不至㊺？今驱民而归之农㊻，皆著于本㊼，使天下各食其力，末技游食之民㊽，转而缘南晦㊾，则畜积足而人乐其所矣㊿。可以为富安天下，而直为此廪廪也(51)。窃为陛下惜之(52)。

注释

① 管子：指春秋时期齐国管仲所著的书，其实《管子》一书中有很多是后人在辑录过程中讹托的。

② 仓廪(lǐn)实而知礼节：本句见于《管子·牧民》，原作“仓廪实则知礼节”。廪，米仓，《礼记·月令》疏：“谷藏曰仓，米藏曰廪”，可为参证。实，充实，充足。

③ 未之尝闻：即“未尝闻之”。之，代词，指上文“民不足而可治者”。

④ 古之人：这里指管仲。

⑤ 一夫不耕，或受之饥：一个男子不种地，有人就要因此挨饿。本句连同下句见于《管子·轻重甲》，原作“一农不耕，民或为饥；一女不织，民或为之寒。”

⑥ 生之有时，而用之亡度：农作物生长有季节限制，可是社会消费没有限度。之，指粮食、棉花等农作物。有时，有一定的季节。时，四时，季节。亡，通“无”。度，限度。

⑦ 屈：尽，竭。

⑧ 至孅(xiān)至悉：极细致，极周详。孅，同“纤”，细致。悉，详密，周备。

⑨ 畜积：指物质财富的储备。恃：依靠，信赖。

⑩ 本：指农业生产。末：指工商业。

⑪ 是天下之大残也：这(指“背本而趋末”的情况)是社会上最大的伤害。是，代词。

⑫日日以长：一天天地增长。日日，一天天地。以，连词。

⑬贼:危害。

⑭莫之或止:没有谁制止这种情形。莫,无定代词,没有谁。之,代词,指"残贼公行",是"止"的前置宾语。或,句中助词。

⑮大命:指国家的命运。泛:通"氾",倾覆。

⑯莫之振救:没有谁拯救国家。振救,拯救。

⑰靡:浪费。

⑱屩(jué):同"蹶",倾竭,缺少。

⑲汉之为汉:汉朝成为汉朝,意思是汉朝建立以来。为,成为。几:近。

⑳积:积蓄。犹:均,同。

㉑狼顾:像狼一样回头张望,因狼性多疑,行走时常回头张望,所以称"狼顾"。这里写人们张惶疑惧。

㉒岁恶:年成不好。不入:不纳税。入,通"纳"。

㉓卖爵子:卖爵卖子。指朝廷收不到税收,而出卖爵位,百姓没有饭吃而出卖自己的孩子。

㉔既闻耳矣:("民且狼顾"与"卖爵子"等情)传到皇帝耳朵之后,意即皇帝了解到这些情况之后。

㉕为:统治,治理。阽危:摇摇欲坠。"安有为天下阽危者"中的"者"字当为衍文。

㉖饥:灾荒。穰(ráng):丰收。

㉗天之行:自然界变化的常见现象。行,道,规律,平常之事。

㉘被:遭受。指夏禹时曾遭九年水灾,商汤时曾遭七年旱灾。

㉙即:若,假如。方二三千里:方圆二三千里。

㉚国胡以相恤:国家用什么救济?胡以,以胡,用什么。恤,救济。

㉛卒然:突然。卒,通"猝"。

㉜馈(kuì):同"馈",送给食物。

天下为公

㉝兵旱相乘：兵灾（指战争）、旱灾交相袭来。

㉞屈：缺乏，此指财物缺乏。

㉟衡击：指抢劫。衡，通“横”，拦劫。

㊱罢：通“疲”。羸（léi），瘦弱。

㊲易：交换。

㊳政治未毕通：指中央的政治力量没完全达到各地。毕，尽，完全。通，达。

㊴能疑者：指敢于与皇帝并论的人。“能”是衍文。疑，通“拟”，比拟。

㊵迺骇（hài）而图之：于是恐慌起来设法对付敢于造反的人。迺，通“乃”。骇，惊恐。

㊶岂将有及乎：怎么能来得及呢？

㊷积贮：蓄积贮藏。天下：指国家。大命：重要的命脉。

㊸以攻则取：即“以之攻则取”。以，介词，用。之，代“粟多而财有余”。后两个分句的句法同此。

㊹怀：安抚。附：亲附。

㊺致：使之来。

㊻敺：同“驱”。

㊼著于本：意思是安心从事农业。

㊽末技游食之民：指工商业者。

㊾缘：沿着。南晦：泛指农田。晦，同“亩”。

㊿乐其所：喜爱自己的居处之地。意思是说安心从事农业生产，而不做游食之民。

(51)直：竟。廪：通“懔”。廪廪，危惧的样子。

(52)陛下：指皇帝。陛，宫殿的台阶。古代臣对君言事，不能直接对话，需要由陛下侍者代转，由此引为皇帝的尊称。

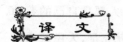

译 文

管子说："粮仓充实了,(人民)就会懂得礼节。"人民不富足而能治理好(国家),从古代到现在,不曾听说过这等事。古代的人说:"一个男子不耕作,(就)有人要挨饿;一个女子不织布,(就)有人要受冻。"生产东西有时间(的限制),但消费它却没有限度,那么(社会上的)财富一定会缺乏。古代的人治理天下,(计划)极细致周全,所以国家的积蓄足以作为依靠。现在许多人放弃农业去从事工商业,消费的人很多,这是天下的大害。淫靡奢侈的风气一天天滋长,这也是天下的大害。这两种大害公然盛行,没有谁制止它。国家的命运将要覆灭,没有谁挽救它。生产的人很少而耗费的人很多,天下的财产怎么会不用光呢?汉朝自从建立以来,近四十年了,公和私两方面的积蓄,还(少得)使人痛心。该下雨的时候不下雨,百姓就会忧心忡忡;年成不好,百姓交不了租税,(朝廷)卖官爵,(百姓)卖儿女,(这样的事)已经传入您的耳朵里了,哪有治理国家危险到这种地步而皇上不惊恐的呢?

年成有好坏(荒年、丰年),(这是)大自然常有的现象,夏禹、商汤都遭受过。如果不幸有方圆二三千里地面的旱灾,国家拿什么救济百姓?(假如)边境突然告急,几千百万的士兵,国家拿什么给他们发放粮饷?战争、旱灾相继而来,社会的财富极其缺乏,胆大力壮的人就聚众抢劫,年老体弱的人就会把孩子交换着吃。政治还没有完全上轨道,离朝廷远的地方怀有二心的人就一齐争着起来造反了。这时(皇上)才惊慌起来,图谋对付他们,难道还来得及吗?

积蓄贮存是国家的命脉。如果粮食充足而财力有余,什么事情会作不成?以此攻(城)就能拿下来,以此防守就能守得坚固,以此作战就能胜利。使敌对的人降顺,使远方的人归附,(只要)招附他们,还有不来的吗?现在驱使百姓，让他们回到农田里，都从事农业生产，使天下人都靠自己的劳动养活自己，工商业都和游民都转而从事农业，那么积蓄就充足，人民就乐于在自己的地方居住了。本来可以使天下富足安定，却竟然造成这种（积贮不足的）令人危惧的情形！我私下替陛下痛惜啊！

绝妙佳句

　　仓廪实而知礼节。民不足而可治者，自古及今，未之尝闻。

文学常识丛书

作者简介

晁错(前200—前154年)汉颍川(今河南南禹县)人。是西汉文帝、景帝时期著名的政治家。早年学申商刑名之学,后以通晓文献大典故任太常掌故。晁错力主改革政治,法令多所更定,并倡仪削减诸侯封地,论述关于经济兵事、边防等问题,主张守边备塞,劝农力本,广积粮食。其文论事说理,切中要害,分析利弊,具体透彻。晁错存文不到十篇,以《论贵粟疏》《守边劝农疏》《言兵事疏》最为有名。

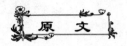

论贵粟①疏(节选)

圣王在上,而民不冻饥者,非能耕而食之、织而衣之也,为开其资财之道也②。故尧、禹有九年之水,汤有七年之旱,而国亡捐瘠者③,以畜积多而备先具也。今海内为一,土地人民之众不避汤、禹,加以亡天灾数年之水旱,而畜积未及者,何也?地有遗利,民有余力,生谷之土未尽垦,山泽之利未尽出也,游食之民未尽归农也。

民贫则奸邪生。贫生于不足,不足生于不农,不农则不地著④,不地著则离乡轻家,民如鸟兽,虽有高城深池⑤,严法重刑,犹不能禁也。夫寒之于衣,不待轻暖,饥之于食,不待甘旨⑥。饥寒至身,不顾廉耻。人情,一日不再食则饥,终岁不制衣则寒。夫腹饥不得食,肤寒不得衣,虽慈母不能保其子,君安能以有其民哉?明主知其然也,故务民于农桑,薄赋敛,广畜积,以实仓廪,备水旱,故民可得而有也。

民者,在上所以牧之,趋利如水走下,四方亡择也⑦。夫珠玉金银,饥不可食,寒不可衣,然而众贵之者,以上⑧用之故也。其为物轻微易藏,在于把握,可以周海内而亡饥寒之患。此令臣轻背其主,而民易去其乡,盗贼有所劝,亡逃者得轻资⑨也。粟米布帛生于地,长于时,聚于力,非可一日成也。数石之重,中人弗胜,不为奸邪所利,一日弗得而饥寒至,是故明君贵五谷而贱金玉。

①贵粟(sù):重视粮食储备。

②道也:方法、途径。

③瘠(jí):瘦弱的意思。

④地著:定居在一个地方。

⑤深池:护城河。

⑥甘旨:美味的食物。

⑦亡择也:没有选择。

⑧上:指皇上。

⑨轻资:轻便的财资。

贤明的君主在上面管理国家,老百姓之所以没有挨饿受冻,并不是他能种出粮食给老百姓吃,织出布帛给老百姓穿,而是他有能替老百姓开辟财源的办法。所以尧、禹的时候有过九年水灾,汤的时候有过七年旱灾,可是国家没有被遗弃和因为饥饿而瘦得不成样子的人,这是因为积蓄的粮食多,事先早有准备。现在全国统一,土地和人口之多不亚于汤、禹的时候,加上没有几年的水旱灾害,可是粮食的积蓄却不如禹、汤的时候,是什么原因呢?是因为土地还有利用的潜力,老百姓中还有未被开发出来的劳动力,可以生长粮食的土地没有完全开垦出来,山林水泽的资源没有完全利用起来,社会上还有游手好闲,不劳而食的人,人民还没有全部去从事耕种。

老百姓生活贫困，就会出现作坏事的。他们生活贫困是由于口粮不够，口粮不够是由于没有从事农业生产，不从事农业生产，便不会在农村安家。不在农村安家，便会轻易离开家乡。老百姓像鸟兽一样四处谋生，即使有高高的城墙，深深的护城河，严格的法律，很重的刑罚，还是不能禁止。人在寒冷的时候，不一定是轻暖的衣服才穿，人在饥饿的时候，不一定是美好的食物才吃。人在饥寒的时候，就不顾廉耻了。人们的常情是一天不吃两顿饭就会饥饿，一年到头不添做衣服就会受冻。肚子饿弄不到吃的，身子冷弄不到衣服穿，就是慈爱的母亲也不能保全她的孩子，君主又怎么能拥有百姓呢？英明的君主是懂得这个道理的，所以他使农民从事农业生产，减轻赋税，扩充积蓄，用来充实粮仓，防备水旱灾害，因此可以得到人民的拥护。

老百姓的去留，在于君主如何管理。他们追逐利益如同水朝低处流一样，东南西北，不选择方向。珠宝、玉石、金银，饿了是不能吃的，冷了是不能当衣穿的，但是很多人都把它看得很珍贵，这是因为君主使用它的缘故。这些东西，作为财物，轻、小、容易收藏，可以放在手里拿着，走遍全国也不担心受冻挨饿。这样便使臣子轻易背叛君主，使老百姓轻易地离开他的家乡，使盗贼得到鼓励，使逃亡的人可以很轻便地带着生活费用。粟米布帛出产在地里，在一定的时候生长，积聚在一起，要依靠人力，不是一天可以完成的。这些几石重的东西，一般人拿不动，不是坏人所贪图的，但一天得不到它，饥寒就产生了，因此英明的君主重视五谷而把金玉看得很贱。

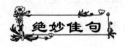

一日弗得而饥寒至，是故明君贵五谷而贱金玉。

文学常识丛书

作者简介

董仲舒(公元前179—前104年),广川(今河北枣强东)人,西汉时期著名的唯心主义哲学家和今文经学大师。汉景帝时为博士官,以通晓《公羊春秋》闻名于世。因他专心治学,三年不到花园游玩,浪负盛名,当时士人都以师礼尊奉他。主要著作有《春秋繁露》等。

65

治国先齐家

所谓治国必先齐其家者,其家不可教而能教人者无之。故君子不出家而成教于国:孝者,所以事君也;悌^①者,所以事长也;慈^②者,所以使众也。

《康诰》曰:"如保赤子。"^③心诚求之,虽不中^④,不远矣。未有学养于而后嫁者也一家仁,一国兴仁;一家让,一国兴让;一人贪戾,一国作乱。其机^⑤如此。此谓一言偾^⑥事,一人定国。

尧舜^⑦帅^⑧天下以仁,而民从之;桀纣^⑨帅天下以暴,而民从之。其所令反其所好,而民不从。是故君子有诸^⑩己而后求诸人,无诸己而后非诸人。所藏乎身不恕^⑪,而能喻^⑫诸人者,未之有也。故治国在齐其家。

《诗》云:"桃之夭夭,其叶蓁蓁。之子于归,宜其家人。"^⑬宜其家人,而后可以教国人。《诗》云:"宜兄宜弟"^⑭宜兄宜弟,而后可以教国人。《诗》云:"其仪不忒,正是四国。"^⑮其为父子兄弟足法,而后民法之也。此谓治国在齐其家。

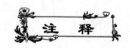
注 释

①悌(tì):指弟弟应该绝对服从哥哥。

②慈：指父母爱子女。

③如保赤子：《尚书·周书·康诰》原文作"若保赤子。"这是周成王告诫康叔的话，意思是保护平民百姓如母亲养护婴孩一样。赤子，婴孩。

④中：达到目标。

⑤机：本指弩箭上的发动机关，引申指关键。

⑥偾(fèn)：败，坏。

⑦尧舜：传说中父系氏族社会后期部落联盟的两位领袖，即尧帝和舜帝，历来被认为是圣君的代表。

⑧帅：同"率"，率领，统帅。

⑨桀(jié)：夏代最后一位君主。纣：即殷纣王，商代最后一位君主。二人历来被认为是暴君的代表。

⑩诸："之于"的合音。

⑪恕：即恕道。孔子说："己所不欲，勿施于人。"意思是说，自己不想做的，也不要让人去做，这种推己及人，将心比己的品德就是儒学所倡导的恕道。

⑫喻：使别人明白。

⑬"桃之夭夭……"：引自《诗经·周南；桃夭》。夭夭(yāo)，鲜嫩，美丽。蓁蓁(zhēn)，茂盛的样子。之子，这个(之)女子(子)于归，指女子出嫁。

⑭"宜兄宜弟"：引自《诗经·小雅·蓼萧》。

⑮"其仪不忒："引自《诗经·曹风·鸤鸠》。仪，仪表，仪容。忒(tè)，差错。

译文

之所以说治理国家必须先管理好自己的家庭和家族，是因为不能管教

天下为公

67

好家人而能管教好别人的人，是没有的，所以，有修养的人在家里就受到了治理国家方面的教育：对父母的孝顺可以用于侍奉君主；对兄长的恭敬可以用于侍奉官长；对子女的慈爱可以用于统治民众。

《康诰》说："如同爱护婴儿一样。"内心真诚地去追求，即使达不到目标，也不会相差太远。要知道，没有先学会了养孩子再去出嫁的人啊！一家仁爱，一国也会兴起仁爱；一家礼让，一国也会兴起礼让；一人贪婪暴戾，一国就会犯上作乱。其联系就是这样紧密，这就叫做：一句话就会坏事，一个人就能安定国家。

尧舜用仁爱统治天下，老百姓就跟随着仁爱；桀纣用凶暴统治天下，老百姓就跟随着凶暴。统治者的命令与自己的实际做法相反，老百姓是不会服从的。所以，品德高尚的，总是自己先做到。然后才要求别人做到；自己先不这样做，然后才要求别人不这样做。不采取这种推己及人的恕道而想让别人按自己的意思去做，那是不可能的。所以，要治理国家必须先管理好自己的家庭和家族。

《诗经》说："桃花鲜美，树叶茂密，这个姑娘出嫁了、让全家人都和睦。"让全家人都和睦，然后才能够让一国的人都和睦。《诗经》说："兄弟和睦。"兄弟和睦了，然后才能够让一国的人都和睦。《诗经》说："容貌举止庄重严肃，成为四方国家的表率。"只有当一个人无论是作为父亲、儿子，还是兄长、弟弟时都值得人效法时，老百姓才会去效法他。这就是要治理国家必须先管理好家庭和家族的道理。

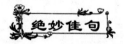

一家仁，一国兴仁；一家让，一国兴让；一人贪戾，一国作乱。

文学常识丛书

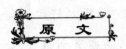

平天下先治国

所谓平天下在治其国者,上老老①而民兴孝;上长长②而民兴弟;上恤孤③而民不倍④。是以君子有絜矩之道也⑤。

所恶于上毋以使下;所恶于下毋以事上;所恶于前毋以先后;所恶于后毋以从前;所恶于右毋以交于左;所恶于左毋以交于右。此之谓絜矩之道。

《诗》云:"乐只君子,民之父母⑥。"民之所好好之;民之所恶恶之。此之谓民之父母。《诗》云:"节彼南山,维石岩岩。赫赫师尹,民具尔瞻。"⑦有国者不可以不慎。辟,则为天下僇矣⑧。《诗》云:"殷之未丧师,克配上帝。仪监于殷,峻命不易⑨。"道得众则得国,失众则失国。

是故君子先慎乎德。有德此⑩有人,有人此有土,有土此有财,有财此有用,德者,本也;财者,末也。外本内末,争民施夺⑪。是故财聚则民散,财散则民聚。是故言悖⑫而出者,亦悖而入。货悖而入者,亦悖而出。

《康诰》曰:"惟命不于常。"道善则得之,不善则失之矣。《楚书》曰:"楚国无以为宝,惟善以为宝⑬"舅犯曰,"亡人无以为宝,仁亲以为宝⑭。"

《秦誓》⑮曰:"若有一个臣,断断⑯兮,无他技,其心休休⑰焉,其如有容⑱焉。人之有技，若己有之。人之彦圣⑲，其心好之，不啻⑳若自其口出，实能容之。以能保我子孙黎民，尚亦有利哉！人之有技，媢疾㉑以恶之。人之彦圣，而违㉒之俾㉓不通，实不能容。以不能保我子孙黎民、亦曰殆哉！"惟仁人放流之㉔，迸诸四夷㉕，不与同中国㉖。此谓惟仁人为能爱人，能恶人。见贤而不能举，举而不能先，命也㉗。见不善而不能退，退而不能远，过也。好人之所恶，恶人之所好，是谓拂㉘人之性，灾必逮夫身㉙。是故君子有大道：必忠信以得之，骄泰㉚以失之。

生财有大道：生之者众，食之者寡，为之者疾，用之者舒，则财恒足矣。仁者以财发身㉛，不仁者以身发财。未有上好仁而下不好义者也，未有好义其事不终者也，未有府库㉜财非其财者也。孟献子㉝曰："畜马乘㉞不察㉟于鸡豚，伐冰之家㊱不畜牛羊，百乘之家㊲不畜聚敛之臣㊳。与其有聚敛之臣，宁有盗臣。"此谓国不以利为利，以义为利也。长㊴国家而务财用者，必自小人矣。彼为善之，小人之使为国家，灾害并至。虽有善者，亦无如之何㊵矣！此谓国不以利为利，以义为利也。

注释

①老老：尊敬老人。前一个"老"字作动词，意思是把老人当作老人看待。

②长长：尊重长辈。前一个"长"字作动词，意思是把长辈当作长辈看待。

③恤：体恤，周济。孤，孤儿，古时候专指幼年丧失父亲的人。

文学常识丛书

④倍：通"背"，背弃。

⑤絜(xié)矩之道：儒家伦理思想之一，指一言一行要有示范作用。絜，量度。矩，画直角或方形用的尺子，引申为法度，规则。

⑥乐只君子，民之父母：引自《诗经·小雅·南山有台》。

⑦"节彼南山……"：引自《诗经·小雅·节南山》。节，高大。岩岩，险峻的样子。师尹，太师尹氏，太师是周代的三公之一。尔，你。瞻，瞻仰，仰望。

⑧僇(心)：通"戮"，杀戮。

⑨"殷之未丧师……"：引自《诗经，大雅·文王》。师，民众。配，符合。仪，宜。监，鉴戒。峻，大。不易，指不容易保有。

⑩此：乃，才。

⑪争民施夺：争民，与民争利。施夺，施行劫夺。

⑫悖：逆。

⑬"《楚书》"句：《楚书》，楚昭王时史书。楚昭王派王孙圉(yǔ)出使晋国。晋国赵简子问楚国珍宝美玉现在怎么样了。王孙圉答道：楚国从来没有把美玉当作珍宝，只是把善人如观射父(人名)这样的大臣看作珍宝。事见《国语·楚语》。汉代刘向的《新序》中也有类似的记载。

⑭"舅犯"句：舅犯，晋文公重耳的舅舅狐偃，字子犯。亡人，流亡的人，指重耳。晋僖公四年十二月，晋献公因受骊姬的谗言，逼迫太子申生自缢而死。重耳避难逃亡在外在狄国时，晋献公逝世。秦穆公派人劝重耳归国掌政。重耳将此事告子犯，子犯以为不可，对重耳说了这几句话。事见《礼记·檀弓下》。

⑮《秦誓》：《尚书·周书》中的一篇。

⑯断断：真诚的样子。

⑰休休：宽宏大量。

⑱有容：能够容人。

⑲彦圣：指德才兼备。彦，美。圣，明。

⑳不啻(chì)：不但。

㉑媢(mào)疾：妒嫉。

㉒违：阻抑。

㉓俾：使。

㉔放流：流放。

㉕迸：即"屏"，驱逐。四夷：四方之夷。夷指古代东方的部族。

㉖中国：全国中心地区。与现代意义的"中国"一同意义不一样。

㉗命：东汉郑玄认为应该是"慢"字之误。慢即轻慢。

㉘拂：逆，违背。

㉙逮：及、到。夫(fū)：助词。

㉚骄泰：骄横放纵。

㉛发身：修身。发，发达，发起。

㉜府库：国家收藏财物的地方。

㉝孟献子：鲁国大夫，姓仲孙名蔑。

㉞畜：养。乘(shèng)：指用四匹马拉的车。畜马乘是士人初作大夫官的待遇。

㉟察：关注。

㊱伐冰之家：指丧祭时能用冰保存遗体的人家。是卿大夫类大官的待遇。

㊲百乘之家：拥有一百辆车的人家，指有封地的诸侯王。

㊳聚敛之臣：搜刮钱财的家臣。聚，聚集。敛，征收。

㊴长：国家之长，指君王。

㊵无如之何：没有办法。

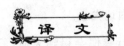

　　之所以说平定天下要治理好自己的国家，是因为，在上位的人尊敬老人，老百姓就会孝顺自己的父母，在上位的人尊重长辈，老百姓就会尊重自己的兄长；在上位的人体恤救济孤儿，老百姓也会同样跟着去做。所以，品德高尚的人总是实行以身作则，推己及人的"絜矩之道"。

　　如果厌恶上司对你的某种行为，就不要用这种行为去对待你的下属；如果厌恶下属对你的某种行为，就不要用这种行为去对待你的上司；如果厌恶在你前面的人对你的某种行为，就不要用这种行为去对待在你后面的人；如果厌恶在你后面的人对你的某种行为，就不要用这种行为去对待在你前面的人；如果厌恶在你右边的人对你的某种行为，就不要用这种行为去对待在你左边的人；如果厌恶在你左边的人对你的某种行为，就不要用这种行为去对待在你右边的人。这就叫做"絜矩之道"。

　　《诗经》说："使人心悦诚服的国君啊，是老百姓的父母。"老百姓喜欢的他也喜欢，老百姓厌恶的他也厌恶，这样的国君就可以说是老百姓的父母了。《诗经》说："巍峨的南山啊，岩石耸立。显赫的尹太师啊，百姓都仰望你。"统治国家的人不可不谨慎。稍有偏颇，就会被天下人推翻。《诗经》说："殷朝没有丧失民心的时候，还是能够与上天的要求相符的。请用殷朝作个鉴戒吧，守住天命并不是一件容易的事。"这就是说，得到民心就能得到国家，失去民心就会失去国家。

　　所以，品德高尚的人首先注重修养德行。有德行才会有人拥护，有人拥护才能保有土地，有土地才会有财富，有财富才能供给使用，德是根本，财是枝末，假如把根本当成了外在的东西，却把枝末当成了内在的根本，那就会和老百姓争夺利益。所以，君王聚财敛货，民心就会失散；君王散财于民，民心就会聚在一起。这正如你说话不讲道理，人家也会用不讲道理的话来回答你;财货来路不明不白,总有一天也会不明不白地失去。

《康诰》说:"天命是不会始终如一的。"这就是说,行善便会得到天命,不行善便会失去天命。《楚书》说:"楚国没有什么是宝,只是把善当作宝。"舅犯说,"流亡在外的人没有什么是宝,只是把仁爱当作宝。"

《秦誓》说:"如果有这样一位大臣,忠诚老实,虽然没有什么特别的本领,但他心胸宽广,有容人的肚量,别人有本领,就如同他自己有一样;别人德才兼备,他心悦诚服,不只是在口头上表示,而是打心眼里赞赏。用这种人,是可以保护我的子孙和百姓的,是可以为他们造福的啊! 相反,如果别人有本领,他就妒嫉、厌恶;别人德才兼备,他便想方设法压制,排挤,无论如何容忍不得。用这种人,不仅不能保护我的子孙和百姓,而且可以说是危险得很!"因此,有仁德的人会把这种容不得人的人流放,把他们驱逐到边远的四夷之地去,不让他们同住在国中。这说明,有德的人爱憎分明,发现贤才而不能选拔,选拔了而不能重用,这是轻慢;发现恶人而不能罢免,罢免了而不能把他驱逐得远远的,这是过错。喜欢众人所厌恶的,厌恶众人所喜欢的,这是违背人的本性,灾难必定要落到自己身上。所以,做国君的人有正确的途径:忠诚信义,便会获得一切;骄奢放纵,便会失去一切。

生产财富也有正确的途径;生产的人多,消费的人少;生产的人勤奋,消费的人节省。这样,财富便会经常充足。仁爱的人仗义疏财以修养自身的德行,不仁的人不惜以生命为代价去敛钱发财。没有在上位的人喜爱仁德,而在下位的人却不喜爱忠义的;没有喜爱忠义而做事却半途而废的;没有国库里的财物不是属于国君的。孟献子说:"养了四匹马拉车的士大夫之家,就不需再去养鸡养猪;祭祀用冰的卿大夫家,就不要再去养牛养羊;拥有一百辆兵车的诸侯之家,就不要去收养搜刮民财的家臣。与其有搜刮民财的家臣,不如有偷盗东西的家臣。"这意思是说,一个国家不应该以财货为利益,而应该以仁义为利益。做了国君却还一心想着聚敛财货,这必然是有小人在诱导,而那国君还以为这些小人是好人,让他们去处理国家大事,结果是天灾人祸一齐降临。这时虽有贤能的人,却也没有办法挽救了。所以,一个国家不应该以财货为利益,而应该以仁义为利益。

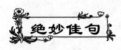

绝妙佳句

得众则得国,失众则失国。

作者简介

桓宽,字次公。汝南(今河南上蔡)人。生卒年月不详。宣帝时举为郎,后任庐江太守丞。汉昭帝始元六年(公元前81年),昭帝召集天下贤士及名人学者60余人到长安,"问以民所疾苦。"并让他们与御史大夫桑弘羊、丞相田千秋对话,讨论盐铁官营、酒类专卖等问题。这就是西汉时有名的盐铁会议。

《盐铁论》语言简洁流畅,浑朴质实,针砭时弊,颇中要害。内容涉及当时经济、政治、军事、文化等各个方面,是研究西汉后期历史的重要史料。从文体上说,它是汉赋的一种变体,在中国古代散文发展史上有创新意义。桓宽根据这次会议的文献进行加工和概括著成《盐铁论》。

盐铁论（节选）

　　文学曰(泛指学者)：孔子曰："有国有家者,不患寡而患不均,不患贫而患不安①。"

　　故天子不言多少,诸侯不言利害,大夫不言得丧②。畜仁义以风之③,广德行以怀之④。是以近者亲附而远者悦服。故善克者不战,善战者不师,善师者不阵⑤。修之于庙堂,而折冲还师⑥。王者行仁政,无敌于天下,恶用费哉⑦?

77

　　①不安:安分守己。

　　②得丧:即得失。

　　③畜:通蓄,蓄积。风:作动词,教化的意思。

　　④广:推广。怀:安抚。

　　⑤这几句话引自《春秋》庄公八年《谷梁传》。《汉书·刑法志》亦有此文,但三处都大同小异。

　　⑥修:修明政治。庙堂:指朝廷。冲:战车折冲,使敌人的战车退回去,即制服敌人。还师:使敌人退兵。

　　⑦恶:何必。

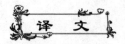

　　学者说：孔子说，"诸侯和大夫，不必担心土地少，而应担心分配不平均；不必担心财产贫乏，而应担心不安分守己。"

　　所以天子不谈论财富的多和少，诸侯不谈论利和害，大夫不谈论得和失。他们都积蓄仁义去教化民众，推广仁德去安抚百姓。因此，近处的人都亲近归顺他们，远处的人也对他们心悦诚服。所以，善于克敌制胜的人不必去打仗，善于打仗的人不必出动军队，善于统帅军队的人不必排列阵式。只要在朝廷上修明政治，就可以使敌人不战而退。圣明的君主施行了仁政，就可以无敌于天下。只要做好了以上这几方面，何必还要再花什么费用呢？

绝妙佳句

　　王者行仁政，无敌于天下，恶用费哉？

文学曰："古者,十一而税①,泽梁以时入而无禁②。黎民咸被南亩而不失其务③。故三年耕而余一年之蓄,九年耕有三年之蓄④。此禹、汤所以备水旱而安百姓也。

草莱不辟⑤,田畴⑥不治,虽擅山海之财⑦,通百末之利⑧,犹不能赡也⑨。是以古者尚力务本而种树繁⑩,躬耕趣时而衣食足⑪,虽累凶年而人不病也⑫。故衣食者民之本,稼穑者民之务也⑬,二者修⑭,则国富而民安也。《诗》云:"百室盈止,妇子宁止"也⑮。

天下为公

注释

①十一而税:征收农民所收获的十分之一作为贡税。

②泽梁:"泽"湖泊、鱼塘;"梁",水塘拦水的土堰。时:时节。

③咸被:都到。南亩:田地。不失其务:指不荒废农事。

④这两句出自《礼记·王制篇》。

⑤草莱:杂草。

⑥田畴(chóu):农田。

⑦擅:据有。

⑧末:原作"味",今据《御览》八四三引改正。

⑨赡:这里是富足的意思。

⑩尚力务本:奖励从事农业劳动。种树:种植。

⑪趣:同"趋""趣时",即赶时节,指不误农时。

⑫累:遭受,遭到。病:忧虑,害怕。

⑬稼穑(jiàsè):种植和收割。

79

⑭修：搞好。

⑮见《诗经·周颂·良耜》。百室：百家。盈：满，富足。止：语尾助词，表示肯定的语气。

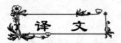

译文

学者说：古时候，农民交十分之一的税，按时节到湖泊鱼塘捕鱼，国家不禁止，百姓都能耕田种地，农业不荒废。所以耕种三年就有一年的余粮，耕种九年就有三年的余粮。夏禹、商汤就是用这种办法来防备水旱灾荒，使百姓安居乐业的。

如果荒草不铲除，田地不耕种，即使占有山海的财富，广开各种取利的途径，还是不能使国家富足的。所以，古时候奖励人们从事农业劳动，努力耕种，不误农时，衣食充裕，即使遭到荒年，人们也不害怕。穿衣吃饭是老百姓的根本需要，耕作收割是老百姓最主要的事情。如果这两方面都搞好了，就能使国家富足，百姓安宁。就像《诗经》上说的那样："家家户户富足，妇女小孩安宁"了。

绝妙佳句

故衣食者民之本，稼穑者民之务也，二者修，则国富而民安也。

文学曰:孟子云①:"不违农时,谷不可胜食。蚕麻以时,布帛不可胜衣也。斧斤以时入②,材木不可胜用。田渔地时③,鱼肉不可胜食也。"

若则饰宫室,增台榭④,梓匠斫巨为小,以圆为方,上成云气,下成山林,则材木不足用也。男子去本为末,虽雕文刻镂,以象禽兽,穷物究变⑤,则谷不足食也。妇女饰微治细⑥,以成文章⑦,极伎尽巧,则丝布不足衣也。庖宰烹杀胎卵⑧,煎炙齐和⑨,穷极五味⑩,则鱼肉不足食也。当今世,非患禽兽不损,材木不胜,患僭侈之无穷也;非患无旃裘橘柚,患无狭庐糠糟也⑪。

81

①语出《孟子·梁惠王上》,但与今本《孟子》原文有不同。

②斧斤:指伐木的斧子,刃横的叫"斤",刃纵的叫"斧"。

③田渔:打猎,捕鱼。

④台榭:即亭台和台上的房屋。

⑤穷物究变:穷究事物的变化。这里形容雕刻极其用心。

⑥饰微治细:形容刺绣非常精细。

⑦文章:花纹。

⑧胎卵:指兽胎和蛋卵。

⑨炙:火烤。齐和:调和的意思。

⑩穷极五味:极力追求各种美味。

⑪蘮(jì):指一种草名。庐:狭窄的房子。糠糟:又作"槽糠",稻麦的外

壳和酒渣,指粗糙食品。

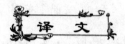

学者说:孟子说过,"不误农时,粮食是吃不完的。按时养蚕种麻,布匹丝绸是穿不完的。在适宜的时节进山伐木,木材就用不完。按照一定的季节打猎捕鱼,鱼和禽兽的肉就吃不完。"

如果一味装饰宫室,增建亭台房舍,木工把大木料砍小,将圆的变成方的,在房屋上刻绘着和云彩一样的花纹,在下面则堆造着假山林,那么木材就会不够用。男人放弃农业生产,去从事工商业,雕镂刻画各种飞禽走兽,并力求和真的一样,变化万状,那么粮食就会不够吃。妇女刺绣精心细致,做成各种各样花纹图案,用尽技巧,那么丝绸布匹就不能满足穿衣的需要。厨师煮杀兽胎、蛋卵,油煎火烤,精心烹调,力求五味俱全,这样鱼肉就不够吃了。现在,我们不是怕不捕杀禽兽,木材用不完,而是担忧奢侈起来没完没了;不怕没有毡子、毯子铺,不怕没有桔子、柚子吃,担心的是,最后连草房都住不上,连谷糠酒渣也吃不上。

绝妙佳句

不违农时,谷不可胜食。蚕麻以时,布帛不可胜衣也。斧斤以时入,材木不可胜用。田渔地时,鱼肉不可胜食也。

贤良曰：古之制爵禄也，卿大夫足以润贤厚士①，士足以优身及党②；庶人为官者，足以代其耕而食其禄③。今小吏禄薄，郡国徭役，远至三辅④，粟米贵，不足相赡。常居则匮于衣食，有故则卖畜粥业⑤。非徒是也，徭使相遣⑥，官庭摄追⑦，小计权吏⑧，行施乞贷⑨，长使侵渔，上府下求之县，县求之乡，乡安取之哉？

语曰："货赂下流⑩，犹水之赴下，不竭不止。"今大川江河饮巨海⑪，巨海受之，而欲溪谷之让流潦⑫，百官之廉，不可得也。夫欲影正者端其表，欲下廉者先之身。故贪鄙在率不在下⑬，教训在政不在民也。

天下为公

83

注 释

①卿大夫：官职。在我国奴隶制时代位在诸侯以下，士以上的等级。

②党：这里指家族。

③《孟子·万章下》："下士与庶人在官者同禄，禄足以代其耕也。"

④三辅：见《园池篇》注释。

⑤畜：牲畜。粥业：变卖。

⑥正嘉本、张之象本、沈延铨本、《百子汇函》"使"作"吏"。

⑦摄追：追逼很紧。

⑧小计：汉代郡县管账目的小官。权吏：这里指俸禄微薄的小官。

⑨行施：行贿赂。贷：宽免。

⑩货赂：贿赂。

⑪饮：流入的意思。

⑫流潦:路边流动的积水。

⑬率:同"帅",领导的意思。

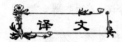

　　贤士说:古时候制定官爵俸禄的制度,卿大夫的俸禄足够在家里供养厚待一批贤士,士的俸禄足以使得自己及全家族的人生活优裕,在官吏家当差的百姓所得的报酬,足以代替他耕种所得的收入。现在,小吏的俸禄微薄,地方上出徭役,远到京城附近,粮食价贵,收入不足开支。日常家居的时候缺吃少穿,一旦有意外事情发生时,就要卖掉牲口和产业。不仅如此,还有徭吏经常派遣徭役,官府经常催逼赋税,地方上的小官吏只好行贿赂乞求宽免,大官则队中盘剥。县以上的官府向县一级索取,县又向乡一级索取,乡里又到哪里去索取呢?

　　俗话说:"贿赂的风气向下面流散,好像江河奔腾而下,水源不枯竭,水流不停止。"今天大江大河流入大海,大海都接受了,却要小溪不接受地面上的那点积水;想要百官都廉洁,是不可能的。想要影子端正,必须端正身体,想下边的人廉洁,首先要从自己做起。所以贪婪卑鄙的弊病在官吏而不在下面,需要教训的是当政者,而不是老百姓。

　　夫欲影正者端其表,欲下廉者先之身。

文学常识丛书

　　贤良曰：王者崇礼施德，上仁义而贱怪力，故圣人绝而不言①。

　　孔子曰："言忠信，行笃敬，虽蛮、貊之邦，不可弃也②。"

　　今万方绝国之君奉赘献者③，怀天子之盛德，而欲观中国之礼仪。故设明堂、辟雍以示之④，扬干戚⑤，昭雅、颂以风之⑥。今乃以玩好不用之器⑦，奇虫不畜之兽，角抵诸戏⑧，炫耀之物陈夸之，殆与周公之待远方殊⑨。昔周公处谦以卑士，执礼以治天下⑩，辞越裳之赘⑪，见恭让之礼也⑫；既，与入文王之庙，是见大孝之礼也。目睹威仪干戚之容，耳听清歌雅、颂之声，心充至德，欣然以归。此四夷所以慕义内附，非重译狄鞮来观猛兽熊黑也⑬。夫犀象兕虎，南夷之所多也；骡驴馲驼，北狄之常畜也。中国所鲜，外国贱之。南越以孔雀珥门户⑭，昆山之旁，以玉璞抵乌鹊。今贵人之所贱，珍人之所饶，非所以厚中国，明盛德也。隋、和，世之名宝也，而不能安危存亡。

　　故喻德示威，惟贤臣良相，不在犬马珍怪。是以圣王以贤为宝，不以珠玉为宝。昔晏子修之樽俎之间，而折冲乎千里；不能者，虽隋、和满篚无益于存亡。

　　①《论语·述而篇》："子不语：怪、力、乱、神。"绝而不言：就是不语的意思。

85

天下为公

②《论语·卫灵公篇》:"子张问行。子曰:'言忠信,行笃敬,虽蛮貊之邦,行矣。'"又《子路篇》:"樊迟问仁。子曰:"居处恭,执事敬,与人忠,虽之夷、狄,不可弃也。'"这里是把两处文字合并引用。

③万方:多方,表示众多。绝国:极远的国家。贽(zhì):古代外国君长初次朝见本国君长所送的礼物。奉贽献,就是进贡的意思。

④明堂:古代天子朝见诸侯的地方。也可以用来举行颁奖、养老、教学、选士等之用。辟雍:周代设立的高等学府的名称。后来做为高等学府的称呼。

⑤扬干戚:古代一种手拿兵器的舞蹈。扬,飞扬,引申为舞。干,盾。戚,斧。

⑥风:教化,感化。

⑦"乃"下原无"以"字,今据《治要》引补。

⑧角抵:古代二人互相角斗的技艺。

⑨殆:句首语气词。大概、恐怕的意思。

⑩此句原作"执礼以治下天下"。卢文弨曰:"上'下'字衍。"今据卢说删上"下"字。

⑪越裳:古国名,故地在今越南南方。周成王时,越裳国曾派使者来中国。

⑫"也"字原无。今据王先谦说订补。

⑬狄鞮(díd)):古代对翻译西方民族语言人的称呼。见《礼记·王制篇》。

⑭珥:本指古代女子耳朵上的玉制装饰品,这里是装饰的意思。

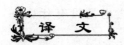

贤士说：治理国家的人应该崇尚礼义，施行恩德，重视仁义而鄙视怪异、暴力，所以孔子从来不谈这些。

孔子说："说话要诚实信用，行动要庄重严肃，即使到蛮、貊那样的地方，也是不能丢弃的。"

现在四面八方很偏远的地区的君主都带着礼物来进贡，是被皇上的圣德所感动，而想看看我们的礼仪。所以应该设置明堂、辟雍给他们看，跳起干戚舞蹈，演唱雅、颂歌曲来感化他们。今天却拿那些只供玩赏、没有实用的东西，奇异而不易喂养的动物，摔跤之类的游戏和光彩夺目的物品，陈列出来夸耀自己，这恐怕和周公对待远方客人的方式不一样。过去周公谦虚地对待地位低下的人，用周礼来治理天下，自己不收越裳的进见礼，表现出恭让的礼仪；行礼完毕后，将礼品供献到文王的祠堂里，这是要他们见到大孝的礼节啊。来宾亲眼看到干戚舞的盛容，耳听清新的雅、颂歌声，心中充满了圣德，高高兴兴地回去了。这就是四方的民族之所以仰慕仁义而亲近归附的原因，并不是经过反复翻译来看猛鲁熊罴的。犀牛、大象和老虎，南方多的是；骡、驴、骆驼，是北方常见的牲畜。内地很稀罕，而外族人却认为很平常。两广人用孔雀的翠羽来装饰门户，昆仑山附近的人，用玉石来投掷乌鸦、喜鹊。现在看重人家不稀罕的东西，把别人平常的东西当作宝贝，这不是热爱汉朝以表明朝廷的盛德。隋侯之珠、和氏之璧，都是世间有名的宝贝，但对国家的安危存亡没有什么帮助。

所以，要想显示国家的盛德和威望，只有贤臣良相，并不在于狗马之类的珍禽异兽。因之圣明的帝王把贤人作为宝贝，不把珠玉当宝贝。过去晏子在宴会上讲究礼仪，使千里之外的晋军退却；没有能耐

87

的人，就是有满箱子隋侯珠、和氏璧，对国家的存亡也是没有什么好处的。

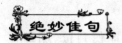

是以圣王以贤为宝，不以珠玉为宝。

贤良曰：能言而不能行者，国之宝也。能行而不能言者，国之用也①。兼此二者，君子也。无一者，牧童②、蓬头也③。言满天下，德覆四海④，周公是也。

口言之，躬行之，岂若默然载施其行而已⑤。

则执事亦何患何耻之有？

今道不举而务小利，慕⑥于不急以乱群意，君子虽贫，勿为可也。药酒，病之利也；正言，治之药也。公卿诚能自强自忍，食文学之至言⑦，去权诡，罢利官，一归之于民，亲以周公之首，则天下治而颂声作。

儒者安得治乱而患之乎？

89

注 释

①《荀子·大略篇》："口能言之，身能行之，国宝也；口不能言，身能行之，国器也；口能言之，身不能行，国用也；口言善，身行恶，国妖也；治国者，敬其宝，爱其器，任其用，除其妖。"

②牧童：原作乌获，今据俞樾说校改。

③蓬头：原作逢须。

④覆：布满，遍及。

⑤张敦仁曰："'施'当作'尸'，即《板诗》之'载尸'也。李善注《文选》引《韩诗》曰：'尸禄者，颇有所知，善恶不言，默然不语，苟欲得禄而已，譬若尸矣。'盖《韩》《板诗》之《传》也。以彼订此，'行'当是'禄'之误。"

⑥慕：追求，考虑。

⑦食：受纳。至言：恳切之言。

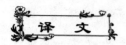

译文

贤士说：能说而不能做的人是国家的宝贝。能做而不会说的人对国家有用。能说又能做的人是君子。一样也没有的，是牧童和首如飞蓬的贫贱人。言论为天下人所广泛传播，仁德广布四海的人是周公。

自己嘴说的，自己就要亲身去做，怎么能像拿着俸禄而不尽其职的死尸一样默不作声呢！

如果这样，那么官吏还有什么感到忧虑和耻辱的呢？

现在不崇尚仁义而贪图小利，只考虑一些无关紧要的事来扰乱众人的意志，君子虽然贫贱，也不能这样去做。药酒，对治病是有利的；正确的话，是治理国家的良药。公卿如果真想使国家强并能克制自己的私欲，受纳我们文学的恳切之言，不去滥用职权，罢掉牟利的官吏，一切权利交给百姓，以周公之道亲爱人民，那么天下就可以治理，天下就会出现一片歌功颂德的声音。

如果这样，我们儒生哪里还会为治国平乱而担忧呢？

绝妙佳句

亲以周公之首，则天下治而颂声作。

文学常识丛书

作者简介

　　赵壹，字元叔，东汉汉阳郡西县人（今礼县大堡子山东），生卒年不详。是我国文学史上著名的辞赋家、诗人和最早的书法评论家。赵壹之所以能够在我国文学史上占有一席之地，一是他的《刺世疾邪赋》批判的尖锐性在文学史上始终放射出不灭的异彩，为历代文士所瞩目，甚至有人评价《刺世疾邪赋》一篇压倒两汉所有的辞赋。二是他的辞赋是两汉铺彩雕啄、雍容华贵的体物大赋向汉末流畅疏荡抒情小赋转变时期的代表作，对辞赋的演进作出了贡献。三是他生性耿直，愤世嫉俗，其作品风格率直、明朗畅达，无论做人还是作文，都为后人所称道。

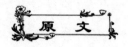
刺世疾邪赋①

　　伊五帝之不同礼，三王②亦又不同乐。数极③自然变化，非是故相反驳。德政不能救世溷乱④，赏罚岂足惩时清浊？春秋时祸败之始，战国愈复增其荼毒。秦汉无以相踰越，乃更加其怨酷。宁计生民之命？唯利己而自足。

　　于兹迄今，情伪万方⑤；佞谄日炽，刚克消亡⑥。舐痔结驷，正色徒行⑦。妪⑧名势，抚拍豪强。偃蹇⑨反俗，立致咎殃。捷慑逐物⑩，日富月昌。浑然同惑，孰温孰凉⑪？邪夫显进，直士幽藏。

　　原斯瘼⑫之所兴，实执政之匪贤女谒⑬掩其视听兮，近习秉其威权。所好则钻皮出其毛羽，所恶则洗垢求其瘢痕。虽欲竭诚而尽忠，路绝崄⑭而靡缘。九重既不可启，又群吠之狺狺⑮。安危亡于旦夕，肆⑯嗜欲于目前。奚异涉海之失柁，积薪而待然⑰？荣纳由于闪榆，孰知辨其蚩妍⑱？故法禁屈挠于势族，恩泽不逮于单门⑲。宁饥寒于尧舜之荒岁兮，不饱暖于当今之丰年。乘理虽死而非亡，违义虽生而匪存⑳。

　　有秦客者，乃为诗曰："河清不可俟，人命不可延。顺风激靡草㉑，富贵者称贤。文籍虽满腹，不如一囊钱㉒。伊优北堂上，抗髒依门边㉓。"

　　鲁生闻此辞，紧而作歌曰："势家多所宜，咳唾自成珠㉔；被褐怀金玉,兰蕙化为刍㉕。贤者虽独悟,所因在群愚。且各守尔分,勿复空驰驱㉖。哀哉复哀哉,此是命矣夫!"

注 释

①本篇选自王先谦《后汉书集解》。本赋表达了赵壹对当时社会丑恶现象的强烈不满,对后人了解当时的社会历史状况有一定帮助。但是作者对于社会历史以及人生命运的看法显然有其局限性,我们今天应该批判看待。刺:讽刺、揭露。疾:痛恨。

②三王:夏商周三代开国君主。

③数:变化的程度。极:到了极点。

④溷(hùn)乱:混乱。

⑤万方:万端。

⑥佞谄(nìngchǎn):也作"谄佞",这里指谄佞之人,即靠虚情假言拍马奉承的人。刚:直。克:能。刚克:刚直能干的人。

⑦舐(shì)痔:舔痔疮。《庄子·列御寇》记载有人给秦王舔痔疮得了好多车子。结驷:乘着四匹马拉的车子结队而行。徒行:徒步走路。

⑧妪(yù):弯腰曲背。

⑨偃蹇:高傲。

⑩捷慑逐物:急急忙忙惊惊恐恐地追求物质利益。

⑪"浑然"二句:大家都在惑乱的追求当中,谁发烧谁清醒搞不清。

⑫瘼(mó):病。

⑬女谒(yè):皇宫里的女官。

⑭嵲:同"险"。

⑮九重:多重门,指达官贵人之门。狺狺(yín):狗叫声。

⑯肆:放纵。

⑰柂:同"舵"。然:同"燃"。

⑱荣纳:光荣地被接纳。闪榆:《后汉书·赵壹传》注:"倾佞之貌也。"嫫:同"嬅",丑女。妍:美女。

⑲法禁:法律和规章制度。单门:与重门相对,指寒士之门。

⑳乘理:乘载载道理之上。违义:违背道义。

㉑靡草:萎靡之草。乘着顺风萎靡之草也能被激活。

㉒文籍:文章学问。一囊(náng)钱:一袋钱。

㉓伊优二句:《后汉书·赵壹传》注:"伊优,屈曲佞媚之貌。抗髒,高亢婞直之貌也。"按:婞直,刚直不屈;抗髒(kǎngzǎng),也作"骯髒",李白《赠参寥子》:"骯髒辞故园,昂藏入君门。"今"髒"简化字作"脏",离骯髒的原义很远。

㉔势家:有权有势之家。宜:便利。

㉕被:同"披"。褐:粗布衣。刍:喂牲口的草。

㉖驰驱:奔走努力。

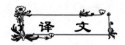

译 文

五帝的礼乐互不一样,三王的典章也不相沿。时势发展到了极限礼乐自然就会发生变化,并不是他们故意要和前代相反。既然道德感化尚不能救治社会的混乱,难道刑罚又可以惩戒时代的浑浊?春秋时诸侯争霸是社会祸患和风气败坏的开始,到战国就更增加了人民的痛苦和灾难。秦、汉两代的政治都不会比他们的前代清明,相反却给老百姓平添了更多的酷政和怨恨。统治者难道会有心去考虑人民的性命?他们只求满足自己的私利和特权。

从西汉建立直到现在，诈伪的现象各色各样。邪佞谄媚之徒一天天得势，而刚正不阿之士却一天天消亡。替权贵舔痔疮的卑鄙小人车马成队，清廉正直之士却只能徒步在路上。那些小人对权势之家卑躬屈膝，向豪强之族拍马颂扬。正直的人傲然不羁不同流俗，立刻招致罪名和祸殃。那些奔走钻营追财逐利的，一天比一天富足昌盛。是非曲直混在一起，一切都让人们感到困惑，怎么分得清哪是"温"、哪是"凉"？邪恶的小人显贵晋升，正直的君子却被埋没或者潜藏。

探求这种社会弊病兴起的原因，实在是由于执政者不是贤明的人。宫中女官遮蔽了他的耳目视听，左右宠臣又掌握了他的威望和权柄。对所喜欢的人巴不得钻透皮肤让他长出漂亮的毛羽，对所厌恶的人则恨不得洗去他身上的污垢来挑剔难看的瘢痕。即使有人想为朝廷竭尽诚信和忠心，也是仕途险恶进身没有攀缘。皇帝的宫门既不能为你打开，宦佞小人又像群犬猖狂吠那样谗毁贤人。危亡就在旦夕而皇帝犹以为安稳，为了眼前的嗜好欲望而恣纵放任。这何异于渡海失去了船舵，坐在柴堆上待燃？奸臣受宠幸被重用是因于巧言谄媚，谁还知道将他们的丑恶与美好去辨分？所以朝廷的法律禁令不能直用于豪门贵族，皇帝的恩泽也到不了势力孤单的寒门。我宁可在尧舜那样圣明君主的荒年忍饥挨寒，也不愿在当今的丰岁享受饱温。掌握真理即使死了，也是精神不灭；违背道义就是活着，也是灵魂不存。

有一位秦地的客人，于是作诗说："黄河水清不可等待，人的生命不可久延。随着风势小草会猛烈地扑倒，有钱有势的会被称作贤人。即使文章装了满满一肚子，也抵不上一袋子金钱。阿谀奉承、随声附和的人身居高堂，高亢倔强、正直不阿的人只能在门边。"

鲁生听到这诗后，紧接着作诗道："权势之家怎么样都对，就连唾沫也是珠宝。贫之人即使品德高尚也遭遗弃，好像兰草蕙叶变成了干草。贤明

天下为公

的人虽然自己清醒，无奈却被那群愚人所困扰。姑且各自守着你们的本分吧，不要再白白地为功名奔劳。可悲啊可悲啊，这就是命运啊。"

绝妙佳句

乘理虽死而非亡，违义虽生而匪存。

文学常识丛书

作 者 简 介

李白（公元 701—762 年），字太白，盛唐最杰出的诗人，也是我国文学史上继屈原之后又一伟大的浪漫主义诗人，素有"诗仙"之称。他的文章，不如其诗引人注目，但特色十分鲜明，行文流水，一泻千里，波澜壮阔，逸气纵横，但不无空疏之弊。李白的文风，既是时风熏染所致，也与他们雄奇奔放及沉郁顿挫的审美追求密切相关。

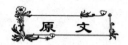

春夜宴从弟桃李园序

　　夫天地者,万物之逆旅也①;光阴者,百代之过客也。而浮生若梦②,为欢几何?古人秉③烛夜游,良有以也。况阳春召我以烟景,大块假④我以文章。会桃李之芳园,序天伦⑤之乐事。群季俊秀,皆为惠连⑥;吾人咏歌,独惭康乐⑦。幽赏未已,高谈转清。开琼筵以坐花,飞羽觞⑧而醉月⑧。不有佳咏,何伸雅怀?如诗不成,罚依金谷酒数⑨。

注　释

　　①旅:旅舍。逆:迎。古人以生为寄,以死为归,如《尸子》:"老莱子曰:人生于天地之间,寄也;寄者固归也。"又如《古诗》:"人生天地间,忽如远行客。"此用其意。

　　②浮生若梦:《庄子·刻意》:"其生若浮,其死若休。"又《庄子·齐物论》称庄周梦为胡蝶:"不知周之梦为胡蝶与,胡蝶之梦为周与?"意谓死生之辨,亦如梦觉之分,纷纭变化,不可究诘。此用其意。

　　③秉:持,拿着。二句原出曹丕《与吴质书》:"年一过往,何可攀援?古人思秉烛夜游,良有以也。"

　　④大块:指大自然。假:借。文章:原指错杂的色彩、花纹。此指大自然中各种美好的形象、色彩、声音等。刘勰《文心雕龙·原道》指出,天上日

月,地上山川,以及动物、植物等,均有文采,"形立则章成矣,声发则文生矣"。

⑤序:同叙。天伦:天然的伦次,此指兄弟。

⑥季:少子为季,此指弟弟。惠连:谢惠连,南朝宋文学家。幼而聪慧,十岁便能作文。深为族兄灵运所赏爱,常一同写作游玩。

⑦康乐:谢灵运,南朝宋。

⑧琼筵:美好的筵席。琼,美玉。羽觞:酒器,形如雀鸟。

⑨金谷酒数:晋石崇有金谷园,曾与友人宴饮其中,作《金谷诗序》云:"遂各赋诗,以叙中怀。或不能者,罚酒三斗。"

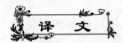

　　天地是万事万物的旅舍,光阴是古往今来的过客。而人生浮泛,如梦一般,能有几多欢乐?古人持烛夜游,确实有道理啊。况且温煦的春天用艳丽的景色召唤我们,大自然将美好的文章提供给我们。于是相会于美丽的桃李园内,叙说兄弟团聚的快乐。诸位弟弟英俊秀发,个个好比谢惠连;而我的作诗吟咏,却惭愧不如谢康乐。正以幽雅的情趣欣赏着美景,高远的谈吐已更为清妙。铺开盛席,坐在花间;行酒如飞,醉于月下。不作好诗,怎能抒发高雅的情怀?如赋诗不成,须依金谷雅集三斗之数行罚。

会桃李之芳园,序天伦之乐事。

作者简介

欧阳修(1007—1072年)，吉州庐陵(今江西吉安)人。字永叔，号醉翁，晚号六一居士。宋仁宗天圣八年(1030年)进士。嘉佑五年(1060年)，拜枢密副使。次年任参知政事。以后，又相继任刑部尚书、兵部尚书等职。欧阳修一生博览群书，以文章冠天下。他文史兼通，造诣浪深，亲自编撰《五代史记》，并与宋祁等修订《唐书》。他对宋代文风的改革颇有贡献，为唐宋古文八大家之一。

文学常识丛书

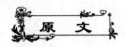

五代史伶官传序①

　　呜呼！盛衰之理，虽曰天命，岂非人事哉！原庄宗之所以得天下，与其所以失之者，可以知之矣。

　　世言晋王②之将终也，以三矢赐庄宗，而告之曰："梁③，吾仇也；燕王④吾所立，契丹⑤与吾约为兄弟，而皆背晋以归梁。此三者，吾遗恨也。与尔三矢，尔其无忘乃父⑥之志！"庄宗受而藏之于庙⑦。其后用兵，则遣从事以一少牢告⑧庙，请其矢，盛以锦囊，负而前驱，乃凯旋而纳⑨之。

　　方其系燕父子以组⑩，函梁君臣之首⑪，入于太庙，还矢先王而告以成功，其意气之盛，可谓壮哉！及仇雠⑫已灭，天下已定，一夫⑬夜呼，乱者四应，苍皇⑭东出，未及见贼而士卒离散，君臣相顾，不知所归；至于誓天断发，泣下沾襟，何其衰也！岂得之难而失之易欤？抑本⑮其成败之迹，而皆自于人欤？

　　《书》曰："满招损，谦受益。"忧劳可以兴国，逸豫⑯可以亡身，自然之理也。故方其盛也，举天下之豪杰莫能与之争；及其衰也，数十伶人困之，而身死国灭⑰，为天下笑。

　　夫祸患常积于忽微，而智勇多困于所溺，岂独伶人也哉！作《伶官传》。

101

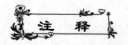

①本文是耿阳修所著《五代史记》中的序文。伶官:古代宫廷乐官。这里指五代后唐庄宗李存勖(音序)时供奉内廷并授有官职的伶人。

②晋王:指庄宗的父亲李克用。李克用在唐朝末年占据了今山西一带,因参与镇压黄巢起义有功,被唐朝赐姓李,封为晋王。

③梁:指后梁太祖朱温。朱温原是黄巢起义军将领,叛变降唐,被封为梁王,赐名朱全忠。后篡唐自立,国号梁。他曾企图杀害李克用,因而两家结下世仇,互相攻伐。

④燕王:指刘仁恭。刘仁恭本为燕将,李克用支持他夺取幽州,并保举他为卢龙节度使,所以说"吾所立"。后叛李克用归附朱温,朱封他的儿子刘守光为燕王。这里称刘仁恭为燕王,是追叙之辞。

⑤契丹:北方少数民族。这里指契丹族首领耶律阿保机。约为兄弟:李克用曾与阿保机结拜兄弟,约定合力攻梁,不久阿保机背约,与梁通好,共同反晋。

⑥乃父:你的父亲。李克用自称。

⑦庙:太庙,帝王的祖庙。

⑧从事:官名,这里泛指一般属吏。少牢:旧时用猪、羊各一头祭祀,叫少牢。告:祭告。

⑨请:敬语,"取出"之意。纳:放回。

⑩方:当。系燕父子以组:用绳索捆绑燕王父子。公元913年,李存勖攻破幽州,俘获刘仁恭父子,押回太原,斩首献于太庙。系:捆缚。燕父子:指对仁恭与刘守光。组,绳索。

⑪函梁君臣之首:把梁王君臣的首级装在匣子里。公元923年,李存勖攻破大梁,梁末帝朱友贞(朱全忠之子)及其部将皇甫麟自杀,李砍其首

级,装匣献于太庙。函,木匣,这里作动词用。梁君臣,指朱友贞与皇甫麟。

⑫雠(chóu):仇敌。

⑬一夫:指皇甫晖。公元926年,驻扎在贝州的军士皇甫晖发动兵变,周围驻军纷纷响应,李存勖派成德军节度使李嗣源前往平乱,李嗣源也叛变称帝,反攻后唐京城洛阳。

⑭仓皇:匆促。

⑮抑:还是。本:探究。

⑯逸豫:安乐。

⑰数十伶人困之,而身死国灭:李存勖灭梁后,纵情声色,朝政日非。宠信伶人郭从谦等人,郭乘机作乱,李存勖中流矢而死。李克用养子李嗣源即帝位,后唐国号虽不变,但已名存实亡,所以说"国灭"。

啊!国家兴盛与衰亡的道理,虽说是天命,难道不是由人事决定的吗!推究庄宗得到天下,以及失去天下的原因,就可以知道这个道理了。

世人传说晋王李克用临终之际,把三支箭交给庄宗而对他说:"梁,是我的仇敌;燕王是我扶植起来的,契丹跟我结为兄弟,但都背叛了晋而归附于梁。这三桩事,我死而有憾。给你三支箭,你一定不要忘记你父亲的遗愿!"庄宗接过箭,把它们藏在宗庙里。此后用兵之时,就派遣官员用猪羊二牲作祭品到宗庙去祷告,恭敬地取出箭,放在织锦的袋子里,背着它冲杀在前,等到凯旋之时,再把箭放回宗庙里。

当庄宗用绳索捆绑着燕王父子,用木匣子装置着梁君臣的首级,进入宗庙,把箭交回先王的灵前,禀告报仇成功的消息时,他意气洋洋,可以说是极为豪壮啊!等到仇敌已经消灭,天下已经平定,一个军人在夜间一声呼喊,叛乱者四方响应,庄宗张皇失措地由东门逃出,还没有见到敌人;士卒就已纷纷逃跑溃散,君臣面面相对,不知该逃亡何处,以至于剪断头发,对天发誓,泪流满面,沾湿了衣襟,这是多么的衰败呀!难道因为得到天下困难,失去天下容易的缘故吗?或者认真推究他成败的原因,其实都是由于人为的呢?

《尚书》上说:"自满就要招致损失,谦虚就会有所补益。"忧虑辛劳可以使国家兴旺,安逸享乐可以把自身毁掉,这是很自然的道理。所以当庄宗气势正盛时,天下所有的豪杰,都没有人能跟他争锋;到了他衰败的时候,几十个伶人就可以制服他,身遭杀害,国家灭亡,被天下人耻笑。

可见祸患常是由细小的事情逐渐积累起来的,而充满智慧和勇敢的人,大多被所沉迷的事物陷于困境。这是普遍规律,难道仅仅是伶官的事这样的吗?

忧劳可以兴国,逸豫可以亡身,自然之理也。

作者简介

苏轼(1037—1101 年)字子瞻,号东坡居士,四川眉山人。北宋著名政治家,思想家,文学家。苏轼是继欧阳修之后宋代古文运动的领袖,散文作品留存至今约 4000 余篇。他的重大贡献在于和欧阳修一起建树了一种稳定成熟的散文风格,世称"欧苏"。他的诗清新自然,逢源自始,似信手拈来,亦庄亦谐,大巧若拙,题材广阔,内容丰富,风格多样化,是宋诗走向成熟的标志。

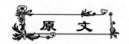

教战守策

　　夫当今生民之患果安在哉？在于知安而不知危，能逸而不能劳。此其患不见于今，而将见于他日。今不为之计，其后将有所不可救者。

　　昔者先王知兵之不可去也，是故天下虽平，不敢忘战。秋冬之隙，致民田猎以讲武，教之以进退坐作之方，使其耳目习于钟鼓旌旗之间而不乱，使其心志安于斩刈杀伐①之际而不慑。是以虽有盗贼之变，而民不至于惊溃。及至后世，用迂儒之议，以去兵为王者之盛节②，天下既定，则卷甲而藏之。数十年之后，甲兵顿弊③，而人民日以安于佚乐；卒④有盗贼之警，则相与恐惧讹言，不战而走。开元、天宝之际，天下岂不大治？惟其民安于太平之乐，豢⑤于游戏酒食之间，其刚心勇气消耗钝眊⑥，痿蹶⑦而不复振。是以区区之禄山一出而乘之，四方之民兽奔鸟窜，乞为囚虏之不暇；天下分裂，而唐室固以微矣。

　　盖尝试论之：天下之势譬如一身。王公贵人所以养其身者，岂不至哉？而其平居常苦于多疾。至于农夫小民，终岁勤苦而未尝告病。此其故何也？夫风雨霜露寒暑之变，此疾之所由生也。农夫小民，盛夏力作，而穷冬暴露，其筋骸之所由生也。农夫小民，盛夏力作，而穷冬暴露，其筋骸之所冲犯，肌肤之所浸渍，轻霜

露而狎风雨，是故寒暑不能为之毒。今王公贵人处于重屋⑧之下，出则乘舆，风则袭裘⑨，雨则御盖⑩，凡所以虑患之具莫不备至；畏之太甚而养之太过，小不如意，则寒暑入之矣。是故善养身者，使之能逸而能劳，步趋动作，使其四体狃⑪于寒暑之变；然后可以刚健强力，涉险而不伤。夫民亦然。今者治平之日久，天下之人骄惰脆弱，如妇人孺子不出于闺门。论战斗之事，则缩颈而股慄；闻盗贼之名，则掩耳而不愿听。而士大夫亦未尝言兵，以为生事扰民，渐不可长：此不亦畏之太甚而养之太过欤？

且夫天下固有意外之患也。遇者见四方无事，则以为变故无自而有，此亦不然矣。今国家所以奉西、北之虏⑫者，岁以百万计。奉之者有限，而求之者无厌，此其势必至于战。战者，必然之势也，不先于我，则先于彼，不出⑬于西，则出于北；所不可知者，有迟速远近，而要以不要免也。天不苟不免于用兵，而用之不以渐，使民于安乐无事之中，一旦出身而蹈死地⑭，则其为患必有不测。故曰，天下之民知安而不知危，能逸而不能劳，此臣所谓大患也。

臣欲使士大夫尊尚武勇，讲习兵法；庶人之在官者⑮，教以行阵之节⑯；役民⑰之司盗者，授以击刺之术。每岁终则聚于郡府，如古都试⑱之法，有胜负，有赏罚；而行之既久，则又以军法从事。然议者必以为无故而动民，又挠⑲以军法，则民将不安；而臣以为此所以安民也。天下果未能去兵，则其一旦将以不教之民而驱之战。夫无故而动民，虽有小恐，然孰与夫一旦之危哉？

今天下屯聚之兵，骄豪而多怨，陵压百姓而邀其上者⑳，何故？此其心以为天下之知战者惟我而已。如使平民皆习于兵，彼知有所故,则固已破其奸谋而折其骄气。利害之际,岂不亦甚明欤?

①斩刈(刈 yì)杀伐:杀戮的意思。

②盛节:美德。

③顿弊:都是坏的意思。

④卒:突然。

⑤豢(huàn):这里是迷恋的意思。

⑥钝眊(mào):衰钝昏花。

⑦痿蹶(jué):萎靡不振。

⑧重屋:两层高的房屋,泛指阁楼。

⑨袭裘(qiú):防寒加穿皮衣。

⑩御盖:打伞。

⑪狃:习惯。

⑫西、北之虏:指西夏、契丹民族。

⑬出:发生。

⑭出身而蹈死地:在战场上决战。

⑮庶人之在官者:平民中选出的下层官员。

⑯行阵之节:列队布阵的法度。

⑰役民:执行官府使令的人。

⑱都试:汉代讲武制度,比试武艺。

⑲挠:困难。

⑳陵压百姓而邀其上者:欺压百姓、要挟上级。

译　文

　　现在人民的祸患究竟在哪里呢？在于只知道安乐却不知道危难，能享受安逸却不能劳累吃苦。这种祸患现在看不出来，但是将来会看出的。现在不给它想办法，那以后就有无法挽救的危险了。

　　从前先王知道军备是不可以放弃的，所以天下虽然太平，（也）不敢忘记战备。秋冬农闲的时候，召集人民打猎借此教练武事，教他们学习前进、后退、跪下、起立的方法，使他们的听觉和视觉习惯于钟鼓、旗帜（这些军队的号令）之间而不迷乱，使他们的心意适于攻打杀戮的情形而不致恐惧。因此即使有盗贼的事件发生，而人民也不会惊恐溃乱。等到后代，采用迂腐的儒生建议，把解除军备当作君王的英明措施，天下既然安定了，就把装备武器收藏起来。几十年以后，装备武器都败坏了，人民一天一天地习惯于安乐生活；一旦忽然传来盗贼的警报，就彼此惶恐，传布谣言，不战就逃跑了。（唐）开元、天宝年间，天下难道不是很安定吗？就是因为那时人民习惯于太平生活的快乐，经常生活在酒食游戏里面，那坚强的意志和勇气逐渐减少以至于衰颓，（筋肉）萎缩僵化而振作不起来，因此小小的安禄山一旦乘机作乱，四方的人民就像鸟兽奔窜一样，求作囚犯和俘虏还来不及；国家分裂，而唐王朝当然因此而衰弱了。

　　再说天下本来就有意想不到的祸患。愚昧的人看到四面八方太平无事，就认为变故无从发生，这也是不对的。现在国家用来奉送给西夏、契丹的财物，每年的财物，每年以百万来计算。奉送的财物是有限的，而索求财物的人是无满足的，这种形势必然导致战争。战争，是必然的趋势，不从我方开始，便从敌方开始，不发生在西方，便发生在北方；所不知道的，只是战争的发生有早有迟有远有近，总之，战争是不可能避免的。国家如果免不了用兵，而用兵不凭着逐步训练，却使人民从安乐太平的环境中，一下子投

身军队走向生死决斗的战场,那他们的祸患必定有不可估计的危险。所以说,天下的人民只知道安乐而不知道危险,能够安逸而不能劳累吃苦,这是臣所认为的最大的祸患。

我曾试着论述这个问题:天下的形势譬如人的整个身体。王公贵人用来保养身体的措施,难道不是很周全吗?而他们平日常常由于病多而苦恼。至于农夫平民,终年勤劳辛苦却未曾生病。这是什么原因呢?天气和季节的变化,这是产生疾病的原因。农夫平民,夏天最热的时候奋力耕作,冬天极冷的时候还在野外劳动,他们的筋骨经常冒着烈日严寒,肌肤被雨雪霜所浸渍,使得他们轻视霜露,不畏风雨,所以寒冬炎暑不能够给他们造成病害。现在王公贵人住在高大深邃的房屋里,出门就坐车子,刮风就如穿皮衣,下雨就打着伞,凡是用来预防疾患的工具无不应有尽有;畏惧风雨寒暑有些太严重了,保养自己的身体也有些太过分了,稍不注意,寒暑就侵入身体了。因此,会保养身体的人,使自己身体能够安逸又能劳动,慢步快走活动操作,使自己的四肢习惯于寒冬炎暑的变化;然后可以使身体强健有力,经历艰险而不受伤害。人民也是如此。现在太平的时间长了,天下的人骄气懒惰脆弱,就像妇女小孩不出内室的门一样。谈论起打仗的事情,就吓得缩着脖子大腿发抖;听说盗贼的名字,就掩住耳朵不愿意听。而且士大夫也不曾经说起战争,认为这是生事干扰人民的生活,露了苗头不可以让它再发展:这不也是畏惧太严重而保养得太过发了吗?

臣想使士大夫崇尚军事的勇敢,讲述演习兵法,对在官府服役的平民,教他们学会列队布阵的法度,对那些负责缉捕盗贼的差役,教授给他们扑击刺杀的方法。每年年底就集合在府城里,像古代考试武艺的办法,评定胜负,有赏有罚;等实行的时间长了,就又按照军法部署办事。然而议论的人(持不同意见人)一定认为无故调动人民,又用军法困扰,那百姓将会不安定;可是臣认为这才是安定人民的好办法。国家果真不能去掉战争,总有那么一天将驱使没有受过训练的百姓去作战。平时召集百姓进行训练，虽然有些小的恐慌，可是跟突然让那些没有受过训练的百姓上战场的危险相比，又怎么样呢？

　　现在国家驻扎在地方上的军队，骄横又有怨言，欺压百姓，要挟他们的上司，什么原因呢？这是因为他们认为天下懂得作战的只有他自己罢了。假如使一般百姓都对军事熟习，他们知道还有对手存在，那么一定能够打破他们的坏主意又压下他们的骄气。利和害的界限，难道不是很明白吗？

天下为公

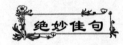

天下之民知安而不知危，能逸而不能劳，此臣所谓大患也。

111

作者简介

胡铨(1102—1180 年)字邦衡,号澹庵,吉州庐陵(今江西吉安)人。高宗建炎二年(1128 年)进士,授抚州事军判官。绍兴七年(1137 年)任枢密院编修官。因坚持抗金,上书请斩秦桧等三人,遭秦桧迫害,谪吉阳军。桧死,始得内迁。孝宗时,起为工部员外郎、端明殿学士。能文工词。虽词作不多,但反对和议的愤世之作都笔墨酣畅,意气慷慨。

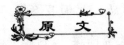

戊午上高宗封事

臣谨按①：王伦本一狎邪②小人，市井无赖，顷缘宰相无识③，遂举以使敌④。专务诈诞⑤，欺罔天听⑥，骤得美官⑦，天下之人，切齿唾骂。今者无故诱致敌使，以诏谕江南⑧为名，是欲臣妾我也⑨，是欲刘豫我也⑩。刘豫臣事金国，南面称王，自以子孙帝王万世不拔之业⑪，一旦金人改虑⑫，捽⑬而缚之，父子为虏⑭。商鉴不远⑮，而伦又欲陛下效之。夫天下者，祖宗之天下也，陛下所居之位，祖宗之位也。奈何以祖宗之天下为金人之天下，以祖宗之位为金人藩臣之位乎⑯。且安知异时无厌之求，不加我以无礼如刘豫也！夫三尺童子，至无知也，指仇敌而使之拜，则怫然⑰怒。堂堂大国，相率而拜仇敌，曾童孺之所羞⑱而陛下忍为之耶？

伦之议乃曰："我一屈膝，则梓宫⑲可还，太后⑳可复，渊圣㉑可归中原可得。呜呼！自变故㉒以来，主和议者，谁不以此说啗㉓陛下哉？然而卒无一验㉔，则敌之情伪㉕已可知矣。而陛下尚不觉悟，竭民膏而不恤㉖，忘国大仇而不报，含垢忍耻㉗，举天下而臣之甘心焉㉘。就会敌决可和，尽如伦议，天下后世谓陛下何如主也？况敌人变诈百出，而伦又以奸邪济之，则梓宫决不可还，太后决不可复，渊圣决不可归，中原决不可得。而此膝一屈，不可复伸；国势陵夷㉙，不可复振。可为恸哭流涕长太息者牟㉚。

向者陛下间关海道③¹，危如累卵³²，当时尚不忍。北面臣敌³³；今国势稍张³⁴，诸将尽锐，士卒思奋。只如顷者敌势陆梁³⁵，伪豫³⁶入寇，固尝败之于襄阳³⁷，败之于淮上³⁸，败之于涡口³⁹，败之于淮阴⁴⁰。较之前日蹈海之危⁴¹，固已万万矣⁴²。倘不得已而用兵，则我岂遽⁴³出敌人下哉！今无故而反臣之，欲属万乘之尊⁴⁴，下穹庐之拜⁴⁵。三军之士，不战而气已索⁴⁶。此鲁仲连所以义不帝秦⁴⁷，非惜夫帝秦之虚名，惜夫天下大势有所不可也。今内而百官，外而军民，万口一谈⁴⁸，皆欲食伦之肉。谤议汹汹⁴⁹，陛下不闻，正恐一日变作，祸且不测。臣窃谓不斩王伦，国之存亡，未可知也。

虽然，伦不足道也。秦桧以心腹大臣⁵⁰，而亦为之。陛下有尧舜之资，桧不能致陛下如唐虞⁵¹，而欲导陛下如石晋⁵²。近者礼部侍郎曾开等引古谊以折之⁵³，桧乃厉声曰："侍郎知故事，我独不知！"则桧之遂非愎谏⁵⁴，已自可见。而乃建白⁵⁵，令台谏侍臣佥议可否⁵⁶，是盖恐天下议己，而令台谏侍臣共分谤⁵⁷耳。有识之士，皆以为朝廷无人，吁，可惜哉！顷者孙近傅会⁵⁸桧议，遂得参知政事。天下望治，有如饥渴。而近伴食中书⁵⁹，漫不敢可否一事⁶⁰。桧曰："敌可和"，近亦曰："可和"；桧曰："天子当拜"，近亦曰："当拜"。臣尝至政事堂⁶¹，三发问而近不答，但曰："已令台谏侍从议之矣。"呜呼！参赞大政⁶²，徒取容充位如此⁶³有如⁶⁴虏骑长驱，尚能折冲御侮⁶⁵耶？臣窃谓⁶⁶秦桧，孙近亦可斩也。

臣备员枢属⁶⁷，义不与桧等共戴天⁶⁸。区区之心，愿斩三人头，竿之藁街⁶⁹。然后羁留敌使⁷⁰，责以无礼，徐兴问罪之师⁷¹。则三军之士，不战而气自倍。不然，臣有赴东海而死⁷²，宁能处小朝廷^⑫求活耶！

①臣谨按：奏疏开头常用的套语。谨：恭敬、谨慎。按：有考察的意思，在这里表示后面的文字是经过考察得出的。

②王伦：字正道，山东莘县入，曾多次犯法。宋高宗时，屡次出使金国，请求和议。后为金人所缢杀。狎(xiá)邪：行为放荡。

③顷缘宰相无识：近来因为宰相秦桧没有见识。顷：近来。

④遂举以使敌：就选他出使金国。

⑤专务诈诞：专说骗人、虚妄的话。务：作，从事。诈：巧言。诞：虚妄。

⑥欺罔天听：欺骗皇帝的听闻。

⑦骤得美官：屡次得到好官职。骤：屡次。

⑧诏谕江南：宋高宗绍兴八年(1138年)，王伦以端明殿学士再次出使金国，金国派遣萧折，张通古为江南诏谕使，与王伦一同到南宋。"诏谕"用于国君告臣下或人民，金国派使臣到南宋，称"江南诏谕使"，是把南宋作为附属国看待。

⑨是欲臣妾我也：这是要使我为臣妾。

⑩是欲刘豫我也：是要使我为刘豫。刘豫：字彦游，阜城(今河北交河县)人，宋高宗建炎二年(1128年)知济南府，在金兵攻济南时投降金国，被金主册封为皇帝，屡次配合金兵攻宋，都遭失败，被金废黜。

⑪自以为子孙帝王万世不拔之业：是说刘豫当了傀儡皇帝后，自以为帝位牢固，不可动摇，能传至子孙万世。语出贾谊《过秦论》："秦王(秦始皇)之心，自以为关中之固，金城千里，子孙帝王万世之业也。"不拔：不移，意思是坚固不可动摇。

⑫改虑:改变主意。

⑬挃(zuó):捉住。

⑭父子为虏:宋高宗绍兴七年(1137年),金主令挞辣、兀术擒获刘馥、刘麟父子,囚于汴京(今开封)城西的金明池,后又迁涉到临潢(今内蒙古自治区的林西县)囚禁。虏:俘虏。

⑮商鉴不远:可以作为鉴戒的前事不远,是说要以刘豫降金事为鉴戒。《诗经·大雅·荡》:"殷鉴不远,在夏后之世。"意思是殷朝的鉴戒并不远,就在夏朝。宋朝避宋太祖赵匡胤的父亲赵弘殷的讳,改"殷"为"商"。

⑯以祖宗之位为金人藩臣之位:是说以祖宗传下来的天子之尊降为金国的藩臣。藩臣:附属国的君主对宗主国皇帝的称呼。

⑰怫(fú)然:愤怒的样子。

⑱曾童孺之所羞:乃是小孩子所感到羞耻的事。曾:乃。

⑲梓宫:皇帝的棺材。此指被俘后死在金国的宋徽宗赵佶的灵柩。皇帝的棺材用梓木做的,故称梓宫。

⑳太后:指宋高宗的母亲韦贤妃。她同宋徽宗、钦宗一起被金人掳去,宋高宗遥尊她为皇太后。

㉑渊圣:宋钦宗赵桓,宋高宗即位后,尊他为"孝慈渊圣皇帝黟。

㉒变故:此指1127年金兵大举南下,攻占汴京,掳去徽、钦二帝事。

㉓啗(dàn):同啖,利诱。

㉔卒无一验:终于没有一次验证。

㉕情伪:真假。情:诚。

㉖竭民膏血而不恤:是说搜刮尽人民的财物送给金人,以求和议,毫不顾惜。恤:体恤,爱惜。

㉗含垢忍耻:忍受耻辱。

㉘举天下而臣之甘心焉:甘心拿天下来臣事金国。

㉙陵夷：丘陵变为平地，比喻国势衰微。

㉚可为恸哭流涕长太息者矣：语出贾谊《陈政事疏》："臣窃惟事势，可为痛哭者一，可为流涕者二，可为长太息者六。"

㉛陛下间关海道：指建炎三年至四年(1129—1130年)，金兵南侵，宋高宗从临安(今杭州)逃到明州(今浙江宁波)，乘船至温州、台州(今浙江临海县)，又辗转返越州(今浙江绍兴)事。间关：辗转，形容路程的艰险。

㉜危如累卵：以累积的蛋容易打碎，比喻情势的危险。累：累积、堆叠。语出《史记·范雎蔡泽列传》："秦王之国，危如累卵。"

㉝臣敌：臣服于敌。

㉞国势稍张：国家的气势稍稍伸展开了，即略强大了一些。

㉟只如顷者敌势陆梁：只就最近敌人闹事的情势来说。陆梁：同跳梁，跳走奔窜的样子，这里用来形容敌人逞强、闹事。

㊱伪豫：指刘豫。刘豫是金人扶植的傀儡，所以指斥为"伪"。

㊲败之于襄阳：绍兴四年(1134年)，岳飞击溃刘豫大将李成，收复襄阳(今属湖北)等地。

㊳败之于淮上：绍兴四年(1134年)，韩世忠大败金军于大仪(在今江苏扬州市西北)，追至淮水而还。淮上：淮水之上。

㊴败之于涡口：绍兴六年(1136年)，宋将杨存中大破刘豫兵于涡口。涡口：涡水入淮之口，以河势曲折，水旋成涡而得名，在安徽怀远县东北。

㊵败之于淮阴：指哪次战役不详。淮阴：今江苏淮阴县。

㊶蹈海之危：指上文中的"间关海道，危如累卵"。蹈海：在海上奔波。蹈：践。

㊷固已万万矣：当然已经好到万万倍。

㊸遽：遂，就。

㊹万乘(shèng)之尊：皇帝的尊严。周朝的制度，天子地方千里，出兵车

万乘(辆)。后世因称皇帝为万乘。

㊺下穹庐之拜:对穹庐低首下拜。穹庐:北方少数民族住的毡帐。这里用以指代金国。

㊻气已索:气已尽。索:尽。

㊼鲁仲连所以义不帝秦:《战国策》载:战国时,秦国围困赵国的邯郸,魏国使臣辛垣衍劝赵国尊秦王为帝,以求解围。正游于赵国的齐国高士鲁仲连加以劝阻,说服了辛垣衍。秦国知道后把军队后撤五十里。

㊽万口一谈:异口同声。

㊾谤议汹汹:斥责王伦的势头猛烈。汹汹:同汹汹,气势猛烈。

㊿秦桧(1090—1155 年):南宋投降派代表人物。字会之,江宁(今南京)人。北宋末年任御史中丞,靖康二年(1127 年),与宋徽宗、宋钦宗同时被金人掳去,成为金人的亲信,后被放回宋朝。宋高宗绍兴年间,两次任宰相,执政十九年,主张投降金国。杀害岳飞等忠臣良将多人,为人所痛恨,后世把他作为奸臣、卖国贼的典型。心腹大臣:皇帝亲信的大臣。

(51)不能致陛下如唐虞:不能辅佐陛下,使陛下跟唐尧、虞舜一样。

(52)石晋:指石敬瑭。他原是后唐河东节度使,为夺取帝位,勾引契丹兵灭后唐,自称帝,国号晋(后晋),割燕云十六州给契丹,并称契丹主为父皇帝,甘做儿皇帝,传至子石重贵,为契丹所灭。

(53)曾开:字天游,江西赣州人,官礼部侍郎。秦桧向金人求和,曾开向秦桧说:“公当强兵富国,尊主庇民,奈何自卑辱至此!”又引用古人说的一些话责备他。古谊:古义,古人所讲的道理。折之:责备他。

(54)遂非愎谏:坚持错误,拒绝接受别人的意见。愎(bì):执拗。

(55)而乃建白:而秦桧却向皇帝建议。建白:陈述意见或有所倡议。

(56)令台谏侍臣佥议可否:让御史、谏官和侍从官都议其是否可行。台:指御史。谏:指谏议官。佥(qiān):皆,都。

⑤分谤：分担舆论的斥责。

⑤顷者：近来，不久前。孙近：字叔诸，江苏无锡人，宋高宗时，累官翰林学士承旨，绍兴八年(1138 年)，秦桧当权，孙近提升为参知政事，兼知枢密院事。傅会：同附会，附和。

⑤伴食中书：讽刺宰相、大臣占有职位，不管事。据《唐书·卢怀慎传》载：唐朝卢怀慎与姚崇共掌枢密（宰相之职），卢怀慎自以为才能不及姚崇，遇事不敢自决，都推给姚崇，当时人们称之为"伴食宰相"。宋朝中书省、门下省并列于外，在皇宫中另设中书，称"政事堂"，孙近为参知政事，在政事堂办公，而事事附和秦桧，所以这里说他"伴食中书"。

⑥漫不敢可否一事：对任何一件重大事情，都不敢表示可否。

⑥政事堂：宰相，执政大臣办公议事的厅堂。

⑥参赞大政：参预决定国家的大事。

⑥徒取容充位如此：像这样只求取悦于人，空占官位。

⑥有如：如果。

⑥折冲御侮：抵抗敌人。

⑥窃谓：私自认为。窃：私下，私自。

⑥臣备员枢属：胡铨当时为枢密院编修官。备员：备官数，即充数，这是自谦的说法。

⑥不与桧等共戴天：不与秦桧等人头顶同一个天，意思是不跟他们同时生存在世上，表示极端仇恨。

⑥竿之藁街：把秦桧等人的头挂在高竿上，放到藁街上示众。藁(gǎo)街：汉朝长安的一条街，是边疆各族和外国使臣的居住区，悬首藁街，意思是使各民族和外国人都知道媚敌辱国的奸臣已受到惩处。

⑦羁留敌使：扣押金国派来的使臣。

⑦兴问罪之师：出兵讨伐金国。

天下为公

⑦赴东海而死:《战国策·赵策》载:鲁仲连劝阻赵国尊秦昭王为帝时说:秦王若统治了天下,"则连有赴东海而死耳,吾不忍为之民也。"这里作者借以表示杀掉秦桧、反对议和的坚决态度。

⑦小朝廷:指向金国称臣的南宋政权。

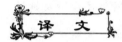

译文

我恭谨地考察过:王伦本来是一个行为轻薄奸邪的小人,街市上的狡诈之徒,前不久因宰相秦桧没有眼力,竟推举他出使金国。他专事奸诈虚妄,欺骗皇上,突然得居高官,天下人无不痛恨唾骂他?现在他无缘无故地引来金国使臣,以"江南诏谕使"的名义同我朝谈判,这是想把我大宋当作臣妾,想把我大宋看作刘豫啊!刘豫像臣妾一样侍奉金人,面朝南做上了儿皇帝,他自认为这是子孙称帝而万代不会改变的事业,金人一旦改变主意,就把他揪住捆绑起来,父子都做了俘虏。先例可鉴,记忆犹新,而王伦又想要皇上效法刘豫。天下是祖宗创立的天下,皇上所居的帝位是祖宗传下的帝位。怎么能把祖宗的天下变为金人的天下,把祖宗的帝位变成金人附属国儿皇帝的地位呢!皇上一投降,那末宗庙社稷的神灵都将被金人所玷污,祖宗养育了几百年的人民都要衣襟向左改变风俗了!朝廷执政大臣都将降为陪臣,全国的士大夫都要废弃汉族的礼服,换上金人的服装。到时金人的贪欲无法满足,怎么知道他们不会像对待刘豫那样用无礼的态度强加到我们头上呢!三尺儿童是最不懂事的,如果指着狗猪要他跪拜,那他也会怫然大怒;现在金人就是狗猪,堂堂宋国,一个接一个地拜倒在狗猪脚下,就是小孩子都感到羞耻,难道皇上忍心这样做吗?

王伦的意见竟说:"宋朝只要向金人投降,那么徽宗的灵柩便可归还,太后便可回国,钦宗便可归返,中原便可收复。"唉!自从汴京沦陷以来,主

文学常识丛书

张议和的人,谁不是拿这种话来引诱皇上呢?但是终究没有一桩应验的,金人是真心还是假意就已经非常清楚了。而皇上还不醒悟过来,耗尽百姓的膏血却不知顾惜,忘了国家大仇却不思报复,含垢忍辱,拿天下来臣事金人却心甘情愿。即使金人一定可以讲和,完全像王伦所说的那样,那天下的后人又将会把皇上说成是什么样的君主呢?何况金人狡诈多端,而且王伦又用奸诈的手段帮助他们,那么徽宗的灵柩决不可能归还,太后决不可能回国,钦宗决不可能归返,中原决不可能收复。然而膝盖一弯曲便不能再伸直了,国势一衰微便不能再振作了,真叫人为此痛哭流涕长叹不已啊!

过去皇上辗转避难在海道上,危险得像垒起来的蛋一样,那个时候尚且不愿面向北方对敌称臣,何况现在国家形势逐渐好转,将领们竭尽锐气杀敌,士兵们渴望奋起抗战。就比如前不久金人势力到处侵扰,刘豫配合金人入侵,我军就在襄阳、淮水、涡口、淮阴等地击败过他们。现在比起当时流离在海上那样的危险境遇,当然已经好了万倍。假使不得已而非用兵不可,我们难道就一定会败在金人之下吗?现在无缘无故地反而臣服于金人,要委屈皇帝的尊严,向金人俯首跪拜,三军将士不等作战士气就已经衰竭了。这就是鲁仲连仗义不尊秦为帝的原因,不是舍不得那尊秦为帝的虚名,而是顾惜那天下大势不容许这样做。现在朝廷内大小官员,朝廷外军队和百姓,异口同声,都想吃王伦的肉。内外议论纷纷,皇上却不闻不问,我真担心一旦事变发生,祸害将不可预料。我私下认为不杀掉王伦,国家的存亡就不可想象。

纵然如此,王伦不值一说,而秦桧凭着朝廷心腹大臣的身份也做出这样的事。皇上有唐尧、虞舜的才资,秦桧不能使皇上成为唐尧、虞舜一样的国君,却想诱导皇上做石敬塘那样的儿皇帝。近来礼部侍郎曾开等人引用古人所说的道理来驳斥他,秦桧竟大声责备他们说:"你知道古人的事,我难道不知道吗!"秦桧坚持错误、不听别人的劝告,从这件事上就自然可以看清楚。至于他提出建议，让御史台、谏院和左右侍从共同讨论可否议和，这大概是害怕天下人议论自己，而让御史台、谏院和左右侍从共同来分担舆论的指责。有见识的人士，都以为朝廷没有人才。唉！真痛惜啊！孔子说："倘若没有管仲，我们恐怕要披着头发，衣衽向左了。"管仲不过是霸主齐桓公的助手罢了，还能改变衣衽向左的地区，协助主持会盟各国诸侯。秦桧是大国的宰相，反而驱使百姓放弃文明风俗，成为衣衽向左的地区。那么秦桧不仅是皇上的罪人，实在也是管仲的罪人了。孙近附和秦桧的意见，于是做到参知政事。天下人盼望太平如饥似渴，孙近却在中书省吃白饭，议事时完全不表示赞成或反对。秦桧说对敌国可以讲和，孙近也说可以讲和；秦桧说天子应当向金人下拜，孙近也说应当下拜。我曾经到过政事堂，多次提出质问而孙近却不回答，只是说："已经命令御史台、谏院和左右侍从讨论了。"唉！参预决定国家大事却只求讨人喜欢，空占官位到了这种地步，如果敌骑长驱直入，还能抗拒敌人抵御外侮吗？我私下认为秦桧、孙近也应该斩首。

我充当枢密院一名属员，誓不与秦桧等同活在一个天底下。我的小小心愿，就是希望将秦桧、王伦、孙近三人斩首，把他们的头颅悬挂在竹竿上到藁街上去示众。然后拘留金国使者，责备他们违背礼义，再从容地派出讨伐金国的军队，那么三军将士不待作战就已勇气倍增。不这样的话，我只有跳入东海一死罢了，岂能留在小朝廷苟且偷生吗？

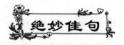
绝妙佳句

臣备员枢属，义不与桧等共戴天。

作者简介

天下为公

　　文天祥(1236—1283年)字履善,自号文山,被公认为中国历史上著名的民族英雄。宋理宗时曾被选拔为进士第一名,任官不到两月即与权贵作尖锐的斗争,屡遭弹劾仍坚持正义。景元三年(1278年),端宗赵昰派遣他与南下元军作战,兵败被俘,元世祖忽必烈以宰相作为诱降条件,遭到文天祥的严辞拒绝。至元十九年(1283年)十二月初九在柴市就义,年仅47岁。遗作有《文山先生全集》。

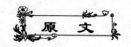

指南录后序

德佑二年二月十九日，予除右丞相兼枢密使①，都督诸路军马。时北兵②已迫修门外，战、守、迁皆不及施。缙绅③、大夫、士萃于左丞相府，莫知计所出。会使辙交驰④，北邀当国者相见，众谓予一行为可以纾祸⑤。国事至此，予不得爱身；意北亦尚可以口舌动也。初，奉使往来，无留北者，予更欲一觇⑥北，归而求救国之策。于是，辞相印不拜，翌日，以资政殿学士行。

初至北营，抗辞慷慨，上下颇惊动，北亦未敢遽⑦轻吾国。不幸吕师孟构恶于前，贾余庆献谄于后，予羁縻⑧不得还，国事遂不可收拾。予自度不得脱，则直前诟⑨虏帅失信，数吕师孟叔侄为逆，但欲求死，不复顾利害。北虽貌敬，实则愤怒，二贵酋⑩名曰"馆伴"，夜则以兵围所寓舍，而予不得归矣。

未几，贾余庆等以祈请使诣北。北驱予并往，而不在使者之目。予分当引决⑪，然而隐忍以行。昔人云："将以有为也"。至京口，得间⑫奔真州，即具以北虚实告东西二阃⑬，约以连兵大举。中兴机会，庶几⑭在此。留二日，维扬帅下逐客之令。不得已，变姓名，诡踪迹，草行露宿，日与北骑相出没于长淮间。穷饿无聊，追购⑮又急，天高地迥，号呼靡及⑯。已而得舟，避渚洲，出北海，然后渡扬子江，入苏州洋，展转四明、天台，以至于永嘉。

呜呼！予之及于死者不知其几矣！诋[17]大酋当死；骂逆贼当死；与贵酋处二十日，争曲直，屡当死；去京口，挟匕首以备不测，几自刭死；经北舰十余里，为巡船所物色，几从鱼腹死；真州逐之城门外，几旁徨死；如扬州，过瓜洲扬子桥，竟使遇哨，无不死；扬州城下，进退不由，殆例送死[18]；坐桂公塘土围中，骑数千过其门，几落贼手死；贾家庄几为巡徼所陵迫死；夜趋高邮，迷失道，几陷死；质明[19]，避哨竹林中，逻者数十骑，几无所救死；至高邮，制府檄下，几以捕系死；行城子河，出入乱尸中，舟与哨相后先[20]，几邂逅死；至海陵，如高沙，常恐无辜死；道海安、如皋，凡三百里，北与寇往来其间，无日而非可死；至通州，几以不纳死；以小舟涉鲸波出，无可奈何，而死固付之度外矣！呜呼！死生，昼夜事也，死而死矣，而境界危恶，层见错出，非人世所堪。痛定思痛，痛何如哉！

予在患难中，间以诗记所遭，今存其本，不忍废，道中手自抄录。使北营，留北关外，为一卷；发北关外，历吴门、毗陵、渡瓜洲，复还京口，为一卷；脱京口，趋真州、扬州、高邮、泰州、通州，为一卷；自海道至永嘉、来三山，为一卷。将藏之于家，使来者读之，悲予志焉。

呜呼！予之生也幸，而幸生也何所为？求乎为臣，主辱[21]，臣死有馀僇；所求乎为子，以父母之遗体行殆，而死有余责。将请罪于君，君不许；请罪于母，母不许；请罪于先人之墓。生无以救国，死犹为厉鬼以击贼，义也；赖天之灵、宗庙之福，修我戈矛，从王于师，以为前驱，雪九庙之耻，复高祖之业，所谓"誓不与贼俱生"，所谓"鞠躬尽力，死而后已"，亦义也。嗟夫！若予者，将无往而不得死所矣。向也，使予委骨于草莽㉒，予虽浩然无所愧怍㉓，然微以自文于君亲㉔，君亲其谓予何？诚不自意返吾衣冠㉕，重见日月，使旦夕得正丘首㉖，复何憾哉！复何憾哉！

是年夏五，改元景炎，庐陵文天祥自序其诗，名曰《指南录》。

注　释

①枢(shū)密使：掌管全国军务的长官。

②北兵：既元兵。

③缙绅：指一般官僚。

④会使辙交驰：当时双方使者的来往十分频繁。

⑤纾祸：除掉祸患。

⑥一觇：暗中查看一下。

⑦遽(jù)立即。

⑧羁縻(jīmí)：扣押。

⑨诟：责骂。

⑩贵酋：高级头目。

⑪引决：自杀。

⑫得间：得到机会。

⑬东西二阃(kǔn)：指淮东、淮西掌管军事的将军。

⑭庶几：差不多。

⑮追购：元人对文天祥的悬赏缉捕。

⑯号呼靡及：呼天不应，叫地不灵。

⑰诟：辱骂。

⑱殆例送死：几乎等于去送死。

⑲质明：黎明。

⑳舟与哨相后先：乘船与元兵险些遭遇。

㉑主辱：指国君受到侮辱。

㉒使予委骨于草莽：使我的尸骨抛弃在荒草丛中。

㉓无所愧怍：没有惭愧的地方。

㉔然微以自文于君亲：在君王和父母面前无法掩饰自己的过失。

㉕返吾衣冠：重返南宋任职。

㉖正丘首：死于故乡或故国。

译文

德佑二年二月十九日，我受任右丞相兼枢密使，统率全国各路兵马。当时元兵已经逼近都城北门外，交战、防守、转移都来不及做了。满朝大小官员会集在左丞相吴坚家里，都不知道该怎么办。正当双方使者的车辆往来频繁，元军邀约宋朝主持国事的人前去相见，大家认为我去一趟就可以解除祸患。国事到了这种地步，我不能顾惜自己了；料想元方也还可以用言词打动的。当初，使者奉命往来，并没有被扣留在北方的，我就更想察看一下元方的虚实，回来谋求救国的计策。于是，辞去右丞相职位，第二天，以资政殿学士的身份前往。

刚到元营时，据理抗争，言词激昂慷慨，元军上下都很惊慌震动，他们也未敢立即轻视我国。可不幸的是，吕师孟早就同我结怨，贾余庆又紧跟着媚敌献计，于是我被拘留不能回国，国事就不可收拾了。我自料不能脱身，就径直上前痛骂元军统帅不守信用，揭露吕师孟叔侄的叛国行径，只要求死，不再考虑个人的利害。元军虽然表面尊敬，其实却很愤怒，两个重要头目名义上是到宾馆来陪伴，夜晚就派兵包围我的住所，我就不能回国了。

不久,贾余庆等以祈请使的身份到元京大都去,元军驱使我一同前往,但不列入使者的名单。我按理应当自杀,然而仍然含恨忍辱地前去。正如古人所说:"将要有所作为啊!"到了京口,得到机会逃奔到真州,我立即把元方的虚实情况告诉淮东、淮西两位制置使,相约他们联兵讨元。复兴宋朝的机会,大概就在此一举了。留住了两天,驻守维扬的统帅竟下了逐客令。不得已,只能改变姓名,隐蔽踪迹,奔走草野,宿于露天,日日为躲避元军的骑兵出没在淮河一带。困窘饥饿,无依无靠,元军悬赏追捕得又很紧急,天高地远,号呼不应。后来得到一条船,避开元军占据的沙洲,逃出江口以北的海面,然后渡过扬子江口,进入苏州洋,展转在四明、天台等地,最后到达永嘉。

唉!我到达死亡的境地不知有多少次了!痛骂元军统帅该当死;辱骂叛国贼该当死;与元军头目相处二十天,争论是非曲直,多次该当死;离开京口,带着匕首以防意外,几次想要自杀死;经过元军兵舰停泊的地方十多里,被巡逻船只搜寻,几乎投江喂鱼而死;真州守将把我逐出城门外,几乎彷徨而死;到扬州,路过瓜洲扬子桥,假使遇上元军哨兵,也不会不死;扬州城下,进退两难,几乎等于送死;坐在桂公塘的土围中,元军数千骑兵从门前经过,几乎落到敌人手中而死;在贾家庄几乎被巡察兵凌辱逼迫死;夜晚奔向高邮,迷失道路,几乎陷入沼泽而死;天亮时,到竹林中躲避哨兵,巡逻的骑兵有好几十,几乎无处逃避而死;到了高邮,制置使官署的通缉令下达,几乎被捕而死;经过城子河,在乱尸中出入,我乘的船和敌方哨船一前一后行进,几乎不期而遇被杀死;到海陵,往高沙,常担心无罪而死;经过海安、如皋,总计三百里,元兵与盗贼往来其间,没有一天不可能死;到通州,几乎由于不被收留而死;靠了一条小船渡过惊涛骇浪,实在无可奈何,对于死本已置之度外了!唉!死和生,不过是昼夜之间的事罢了,死就死了,可是像我这样境界险恶,坏事层叠交错涌现,实在不是人世间所能忍受的。

痛苦过去以后,再去追思当时的痛苦,那是何等的悲痛啊!

我在患难中,有时用诗记述个人的遭遇,现在还保存着那些底稿,不忍心废弃,在逃亡路上亲手抄录。现在将出使元营,被扣留在北门外的,作为一卷;从北门外出发,经过吴门、毗陵,渡过瓜洲,又回到京口的,作为一卷;逃出京口,奔往真州、扬州、高邮、泰州、通州的,作为一卷;从海路到永嘉、来三山的,作为一卷。我将把这诗稿收藏在家中,使后来的人读了它,为我的志向而悲叹。

唉!我能死里逃生算是幸运了,可幸运地活下来要干什么呢?要求做一个忠臣,国君受到侮辱,做臣子的即使死了也还是有罪的;要求做一个孝子,用父母留给自己的身体去冒险,即使死了也有罪责。将向国君请罪,国君不答应;向母亲请罪,母亲不答应;我只好向祖先的坟墓请罪。人活着不能拯救国难,死后还要变成恶鬼去杀贼,这就是义;依靠上天的神灵、祖宗的福泽,修整武备,跟随国君出征,作为先锋,洗雪朝廷的耻辱,恢复开国皇帝的事业,也就是古人所说的:"誓不与贼共存""恭敬谨慎地竭尽全力,直到死了方休",这也是义。唉!像我这样的人,将是无处不是可以死的地方了。以前,假使我丧身在荒野里,我虽然正大光明问心无愧,但也不能掩饰自己对国君、对父母的过错,国君和父母会怎么讲我呢?实在料不到我终于返回宋朝,重整衣冠,又见到皇帝,即使立刻死在故国的土地上,我还有什么遗憾呢!还有什么遗憾呢!

这一年夏天五月,改年号为景炎,庐陵文天祥为自己的诗集作序,诗集名《指南录》。

绝妙佳句

生无以救国,死犹为厉鬼以击贼,义也!

作者简介

张溥(1602—1641年),初字乾度,后改天如,号西铭。南直隶苏州太仓(今属江苏)娄东人。明末著名的江南党社运动的主要领导者之一。张溥成长于晚明风雨飘摇的时代,26岁愤而作《五人墓碑记》,风神摇曳,正气浩然,矛头直指明王朝腐败奢靡的宦官和贪官。他关心国家政事和民族兴亡。有很高的组织领导才能,32岁时,主盟召开著名的虎丘大会,他站在千人石上登高一呼,群起响应,朝野震惊。

文学常识丛书

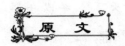

五人墓碑记①

　　五人者,盖当蓼洲周公之被逮②,激于义而死焉者也。至于今,郡之贤士大夫请于当道③,即除魏阉废祠之址以葬之④;且立石于其墓之门,以旌其所为⑤。呜呼,亦盛矣哉!

　　夫五人之死,去今之墓而葬焉⑥,其为时止十有一月耳。夫十有一月之中,凡富贵之子,慷慨得志之徒,其疾病而死,死而湮没不足道者,亦已众矣,况草野之无闻者欤!独五人之皦皦⑦,何也?

　　予犹记周公之被逮,在丁卯三月之望⑧。吾社之行为士先者⑨,为之声义⑩,敛赀财以送其行,哭声震动天地。缇骑按剑而前⑪,问"谁为哀者?"众不能堪⑫,抶而仆之⑬。是时以大中丞抚吴者为魏之私人⑭,周公之逮所由使也;吴之民方痛心焉,于是乘其厉声以呵⑮,则噪而相逐⑯,中丞匿于溷藩以免⑰。既而以吴民之乱请于朝,按诛五人⑱,曰颜佩韦、杨念如、马杰、沈扬、周文元,即今之傫然在墓者也⑲。

　　然五人之当刑也,意气扬扬,呼中丞之名而詈之⑳,谈笑以死。断头置城上,颜色不少变。有贤士大夫发五十金买五人之脰而函之㉑,卒与尸合。故今之墓中,全乎为五人也。

　　嗟夫!大阉之乱㉒,缙绅而能不易其志者㉓,四海之大,有几人欤?而五人生于编伍之间㉔,素不闻诗书之训,激昂大义,蹈死

天下为公

不顾，亦曷故哉㉕？且矫诏纷出㉖，钩党之捕遍于天下㉗，卒以吾郡之发愤一击，不敢复有株治㉘；大阉亦逡巡畏义㉙，非常之谋，难于猝发㉚，待圣人之出而投缳道路㉛，不可谓非五人之力也。

由是观之，则今之高爵显位，一旦抵罪㉜，或脱身以逃，不能容于远近，而又有剪发杜门，佯狂不知所之者㉝，其辱人贱行㉞，视五人之死，轻重固何如哉？是以蓼洲周公，忠义暴于朝廷㉟，赠谥美显㊱，荣于身后；而五人亦得以加其土封㊲，列其姓名于大堤之上，凡四方之士，无有不过而拜且泣者，斯固百世之遇也㊳。不然，令五人者保其首领以老于户牖之下㊴，则尽其天年，人皆得以隶使之㊵，安能屈豪杰之流㊶，扼腕墓道㊷，发其志士之悲哉！故予与同社诸君子，哀斯墓之徒有其石也，而为之记，亦以明死生之大㊸，匹夫之有重于社稷也㊹。

士大夫者，冏卿因之吴公㊺，太史文起文公㊻，孟长姚公也㊼。

①本文作于明崇祯元年（1628 年）。天启年间，宦官魏忠贤专权，网罗遍天下，以残暴手段镇压东林党人。天启七年（1627 年），派人到苏州逮捕曾任吏部主事、文选员外郎的周顺昌，激起苏州市民的义愤，爆发了反抗宦官统治的斗争。本文是为这次斗争中被阉党杀害的五位义士而写的碑文。文章议论随叙事而入，感慨淋漓，激昂尽致，题外有情，题外有旨，开人心胸。

②蓼（liǎo）洲周公：周顺昌，字景文，号蓼洲，吴县（今苏州）人。万历年间进士，曾官福州推官、吏部主事、文选员外郎等职，因不满朝政，辞职归

家。东林党人魏大中被逮，途经吴县时，周顺昌不避株连，曾招待过他。后周顺昌被捕遇害。崇祯年间，谥忠介。

③郡：指吴郡，即今苏州市。当道：当权的人。

④除魏阉废祠之址：谓清除魏忠贤生祠的旧址。除，清除，整理。魏阉，对魏忠贤的贬称。魏忠贤专权时，其党羽在各地为他建立生祠，事败后，这些祠堂均被废弃。

⑤旌(jǐng)：表彰。

⑥去：距离。墓：用作动词，即修墓。

⑦皦(jiǎo)皦：光洁，明亮。这里指显赫。

⑧丁卯三月之望：天启七年(1627年)农历三月十五日。

⑨吾社：指复社。行为士先者：行为能够成为士人表率的人。

⑩声义：声张正义。

⑪缇骑(tíjì)：穿桔红色衣服的朝廷护卫马队。明清逮治犯人也用缇骑，故后世用以称呼捕役。

⑫堪：忍受。

⑬抶(chì)而仆之：谓将其打倒在地。抶，击。仆，使仆倒。

⑭"是时"句：这时做苏州巡抚的人是魏忠贤的党羽。按，即毛一鹭。大中丞，官职名。抚吴，做吴地的巡抚。魏之私人，魏忠贤的党徒。

⑮其：指毛一鹭。呵：呵叱。

⑯噪而相逐：大声吵嚷着追逐。

⑰匿于溷(hùn)藩：藏在厕所。溷藩，厕所。

⑱按诛：追究案情判定死罪。按，审查。

⑲峕(lěi)然：重叠相连的样子。

⑳詈(lì)：骂。

㉑脰(dòu)：颈项，头颅。函：匣子。意为把头颅装在木匣里。

㉒大阉:指魏忠贤。

㉓缙绅:古代称士大夫为缙绅。

㉔编伍:民间。明代户口编制以五户为一"伍"。

㉕曷:同"何"。

㉖矫诏:伪托皇帝的命令。

㉗钩党之捕:这里指搜捕东林党人。钩党,相互牵引钩连为同党。

㉘株治:株连治罪。

㉙逡(qūn)巡:有所顾忌而徘徊。

㉚"非常"二句:非常之谋,指篡夺帝位的阴谋。猝(cù)发,突然发动。

㉛圣人:指崇祯皇帝朱由检。投缳(huán)道路:天启七年,崇祯即位,将魏忠贤放逐到凤阳去守陵,不久又派人去逮捕他。他得知消息后,畏罪吊死在路上。投缳,上吊。

㉜抵罪:犯罪受惩罚。

㉝"而又有"二句:还有剃发为僧,闭门索居,假装疯颠而不知下落的。

㉞辱人贱行:人格受辱,行为卑贱。

㉟暴(pù):显露。

㊱赠谥(shì)美显:指崇祯追赠周顺昌"忠介"的谥号。美显,美好荣耀。

㊲加其土封:扩大坟墓,这里指重修坟墓。

㊳百世之遇:百代的幸遇。

㊴户牖(yǒu):指家里。户,门。牖,窗子。

㊵隶使之:当作仆隶一样差使他们。

㊶屈:使之折腰钦佩。

㊷扼腕墓道:在墓前表示悲愤。扼腕,感情激动时用力握持自己的手腕。

㊸明死生之大:说明生和死的关系之重大。

文学常识丛书

134

㊹匹夫：老百姓。社稷：国家。

㊺冏（jiǒng）卿因之吴公：冏卿，即太仆卿，官职名。因之吴公：指吴默，字因之。

㊻太史：指翰林院修撰。文起文公：文震孟，字文起。

㊼孟长姚公：姚希孟，字孟长。

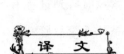

这五个人，就是当周蓼洲先生被阉党逮捕时，为正义所激奋而死于这件事的。到了现在，吴郡贤士大夫向有关当局请示，就清理已废的魏阉生祠的旧址来安葬他们，并且在他们的墓门立碑，来表彰他们的事迹。啊，也够隆重呀！

这五人的牺牲，距离现在修墓安葬他们，为时不过十一个月罢了。在这十一个月当中，那班富贵之士和志得意满、官运亨通的人，他们患病而死，死了而埋没不足称道的，也太多了，何况乡间的没有声名的人呢？惟独这五人名声皎如白日，是什么缘故呢？

我还记得周先生被逮捕，是在丁卯年三月十五日。我们复社里那些品德可为读书人表率的人替他伸张正义，募集钱财送他起行，哭声震动天地。阉党抓牙红衣马队按着剑把上前喝问道："谁在替他哀哭？"大家再也不能忍受，就把他们打倒在地。这时以大中丞官街作苏州巡抚的是魏阉的私党，周先生被捕是他主使的；苏州的老百姓正对他痛恨到极点，于是趁他严厉地高声呵叱的时候，就呼叫着追击他。这巡抚躲到厕所里才逃脱了。不久，他以苏州老百姓暴动的罪名向朝廷诬告请示，追究这件事，处死了五人，他们名叫颜佩韦、杨念如、马杰、沈杨、周文元，就是现在聚集埋在坟墓里的五个人。

135

然而，(他们的堂堂正气是压不倒的)这五个人临刑的时候，神情昂然自若，喊着巡抚的名字骂他，谈笑着死去。被砍下的首级放在城上示众，脸色没有一点改变。有几位贤士大夫拿出五十两银子，买了五个人的首级用匣子盛好，终于同尸身合在一起。所以现在的墓中，是完完整整的五个人。

唉！在魏阉乱政的时候，官僚们能够不改变自己的志节的，在全国这样广大的地域，又有几个呢？而这五个人生于民间，平素没有听到过诗书的教诲，却能为大义所激奋，踏上死地毫无反顾，这又是什么缘故呀？况且，当时假传的圣旨纷纷发出，株连同党的搜捕遍天下，终于因为我们苏州人民的发愤一击，阉党就不敢再有牵连治罪的事了；魏阉也迟疑不决，害怕正义，篡位的阴谋难于立刻发动，等到当今皇帝即位，就在路上上吊了，这不能说不是这五个人的功劳呀！

由此看来，那么，今天那班爵位显赫的官僚，一旦犯罪应受惩治，有的脱身逃跑，不能为远远近近的地方所收留，又有剪发为僧，闭门不出，或装疯出走，不知窜到什么地方去了的。他们这种可耻的人格，卑贱的行为，比起这五个人的死来，轻重之别到底怎么样呢？因此，周蓼洲先生，他的忠义显扬于朝廷，赠赐的官爵谥号美好而高贵，死后非常荣耀；而这五个人也得以修建一座大坟(重新安葬)，在大堤之上立碑列出他们的姓名，凡四方的有志之士经过他们的坟墓时没有不跪拜而且流泪的，这实在是百代难逢的际遇呀！不这样的说，假令这五个人保全他们的脑袋终老于家中，那么，虽然享尽他们的天然年寿，但人人都可以把他们当奴仆使唤，怎么能够使英雄豪杰们拜倒，在他们的墓道上紧握手腕表示悼惜，抒发他们那有志之士的悲愤呢！所以，我和同社的各位先生，惋惜这座坟墓只有一块石碑，就替他写了这篇碑记，并借以说明死生的重大意义，普通百姓对国家也有重要作用啊。

前面提到的贤士大夫是：太仆卿吴因之先生，太史文文起先生，姚孟长先生。

而五人生于编伍之间,素不闻诗书之训,激昂大义,蹈死不顾,亦曷故哉?

天下为公

137

作者简介

　　黄宗羲(1610—1695年)中国明末清初史学家,思想家。浙江余姚人。字太冲,号南雷,学者尊为梨洲先生。其父因东林党狱被阉党迫害而死。崇祯帝即位,宗羲赴京为父鸣冤,被许为"忠臣孤子"。黄宗羲为学领域极广,成就宏富,史学造诣尤深。他身历明清更迭之际,认为"国可灭,史不可灭"。在政治上,他深刻批判封建君主专制,提出君为天下之大害,不如无君,主张废除君主"一家之法",建立万民的"天下之法"。他论史注重史法,强调证实可信。所著《明儒学案》,搜罗极广,用力极勤,是中国第一部系统的学术思想史专著。

文学常识丛书

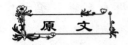

原　君

　　有生之初，人各自私也，人各自利也；天下有公利而莫或兴之，有公害而莫或除之。有人者出，不以一己之利为利，而使天下受其利；不以一己之害为害，而使天下释①其害；此其人之勤劳必千万于天下之人。夫以千万倍之勤劳，而己又不享其利，必非天下之人情所欲居也。故古之人君，量而不欲入②者，许由、务光③是也；入而又去之者，尧、舜是也；初不欲入而不得去者，禹是也。岂古之人有所异哉？好逸恶劳，亦犹夫人之情也。

　　后之为人君者不然。以为天下利害之权皆出于我，我以天下之利尽归于己，以天下之害尽归于人，亦无不可；使天下之人，不敢自私，不敢自利，以我之大私为天下之大公。始而惭焉，久而安焉。视天下为莫大之产业，传之子孙，受享无穷；汉高帝所谓"某业所就，孰与仲多④"者，其逐利之情，不觉溢之于辞矣。

　　此无他，古者以天下为主，君为客，凡君之所毕世而经营者，为天下也。今也以君为主，天下为客，凡天下之无地而得安宁者，为君也。是以其未得之也，屠毒天下之肝脑⑤，离散天下之子女，以博⑥我一人之产业，曾不惨⑦然。曰："我固为子孙创业也。"其既得之也，敲剥天下之骨髓，离散天下之子女，以奉我一人之淫乐，视为当然。曰："此我产业之花息⑧也。"然则，为天下之大害者,君而已矣,向使⑨无君,人各得自私也,人各得自利也。呜呼!岂设君之道固如是乎?

古者天下之人爱戴其君,比之如父,拟之如天,诚不为过也。今也天下之人怨恶其君,视之如寇仇,名之为独夫,固其所也。而小儒规规焉⑩以君臣之义无所逃于天地之间,至桀、纣之暴,犹谓汤、武不当诛之,而妄传伯夷、叔齐无稽之事⑪,乃兆人万姓⑫崩溃之血肉,曾不异夫腐鼠⑬。岂天地之大,于兆人万姓之中,独私⑭其一人一姓乎!是故武王圣人也,孟子之言,圣人之言也;后世之君,欲以如父如天之空名,禁人之窥伺者,皆不便于其言,至废孟子而不立⑮,非导源于小儒乎!

虽然,使后之为君者,果能保此产业,传之无穷,亦无怪乎其私之也。既以产业视之,人之欲得产业,谁不如我?摄缄縢,固扃

鐍⑯,一人之智力,不能胜天下欲得之者之众,远者数世,近者及身,其血肉之崩溃在其子孙矣。昔人愿世世无生帝王家⑰,而毅宗之语公主⑱,亦曰:"若何为生我家⑲!"痛哉斯言!回思创业时,其欲得天下之心,有不废然摧沮⑳者乎!是故明乎为君之职分,则唐、虞之世㉑,人人能让,许由、务光非绝尘也;不明乎为君之职分,则市井之间,人人可欲,许由、务光所以旷后世而不闻也。然君之职分难明,以俄顷淫乐不易无穷之悲,虽愚者亦明之矣。

注 释

①释:免除。

②量而不欲入:量,考虑。入,指为君。

③许由、务光:传说中的高士。唐尧让天下于许由,许由认为是对自己的侮辱,就隐居箕山中。商汤让天下于务光,务光负石投水而死。

④某业所就,孰与仲多:出自《史记·高祖本纪》汉高祖刘邦登帝位后,曾对其父说,"始大人常以臣无赖,不能治产业,不如仲(其兄刘仲)力,今某之业所就,孰与仲多?"

⑤屠毒天下之肝脑:屠毒,即残害。肝脑,指人的身体和生命。

⑥博:讨取。

⑦曾不惨:曾,居然、竟然。惨,羞愧。

⑧花息:利息。

⑨向使:假如、假使。

⑩规规焉:谨慎拘泥的样子。

⑪伯夷、叔齐无稽之事:《史记·伯夷列传》载他俩反对武王伐纣,天下归周之后,又耻食周粟,饿死于首阳山。

⑫兆人万姓:指天下的百姓。兆,一百万。

⑬腐鼠:比喻轻贱之物。

⑭独私:单独喜爱、偏爱。

⑮废孟子而不立:《孟子·尽心下》中有"民为贵,社稷次之,君为轻"的话,明太祖朱元璋见而下诏废除祭祀孟子。

⑯摄缄縢(téng),固扃鐍(jiōngjué):收紧、闭住、捆牢及关钮、锁钥。

⑰昔人愿世世无生帝王家:《南史·王敬则传》载南朝宋顺帝刘准被逼出宫,曾发愿:"愿后身世世勿复生天王家!"

⑱而毅宗之语公主:毅宗,明崇祯帝,南明初谥思宗,后改毅宗。

⑲若何为生我家:李自成军攻入北京后,他叹息公主不该生在帝王家(以剑砍长平公主,断左臂,然后自缢)。

⑳废然摧沮:灰心沮丧的意思。

天下为公

㉑唐、虞之世：唐，尧之国号。虞，舜之国号。

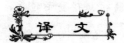

　　自有人类的那一天，人们就各人只管自己的私事，只谋自己的利益。世上有公共的利益却没有人去兴办；有公共的祸害却没有人去革除。有这样一个人出来，不把个人的私利看作利益，而是使天下人都得到利益；不把个人的害处看作害处，而是使天下人都免除害处。这个人的辛勤劳作，必相当于一般天下人的千万倍。付出千万倍的辛劳，却又得不到利益，就天下人的本性来说，必然不愿意处在那个地位。所以，在古代，人的君主这个位置，考虑了而不愿意就位的，有许由、务光这些人；就位而又离去的，有尧、舜这些人；当初不愿就位，而终于无法离去的，有禹这个人。难道古人有什么特异之处吗？好逸恶劳，也和普通人的本性一样啊。

　　后世做人君的却不是这样。他们以为分派天下利害的权力都出于我自己，我把天下的利益都归于自己，把天下的害处都归于他人，也没有什么不可以的。（他们）使天下人不敢自私，不敢自利，而把我的私利作为天下的公利；开始还感到惭愧，时间一久就心安理得了，把天下看作自己再大不过的产业，传给子孙，享受无穷。汉高祖所说的"我所成就的家业，同老二相比谁多"这句话，那种追逐私利的心情不觉已充分表现在言语之中了。

　　这没有别的（原因），古时把天下人放在主要位置，君主放在从属位置；凡君主毕生经营的一切，都是天下人的。现在把君主放在主要位置，把天下人放在从属位置；所有使天下没有一个地方得到安宁的原因，都在于有了君主。因此，在他未得到君位的时候，屠杀、残害天下的生命，拆散天下人的子女，来求得个人的产业，对此竟不感到凄惨，说："我原是为子孙后代创业啊。"他在取得君位以后，敲榨、剥取天下人的骨髓，拆散天下人的子

女,以供个人放纵的享乐,(把这)看成应当如此,说:"这是我产业的利息呀。"然而成为天下大害的,不过是君主罢了,当初假使没有君主,人们还能各管各的私事,各得各的利益。唉!设置君主的原因和道理,原来就是这样的吗?

古时候,天下人爱戴自己的君主,把他们比作父亲,把他们比作天,实在不算过分。现在天下人怨恨、憎恶自己的君主,把他们看作仇敌,称他们为独夫,这原是他们应当得到的。可是那些眼光短浅的读书人,却拘谨地认为,君臣之间的伦理关系无法逃脱于天地之间,甚至对于桀、纣那样的暴君,也认为汤、武不应当去讨伐他们,因而虚妄地传说伯夷、叔齐那些无可查考的故事,看待千千万万百姓的血肉崩溃的躯体,竟然和腐臭的老鼠一样。难道天地这么大,在千千万万天下人中,惟独(应当)偏爱君主一人一家吗?因此(讨伐纣王的)武王是圣人;孟子(肯定武王伐纣)的言论,是圣人的言论。后世的君主,想要用自己"如父如天"一类的空名来禁绝他人暗中看机会夺取君位,都感到孟子的话对自己不利,甚至废除孟子的祭祀,这根由不是从眼光短浅的读书人那里来的吗?

虽然这样,假使让后继做君主的果真能保住这份产业,把它无穷尽地传下去,也就不必奇怪他们将天下据为私有了。既然把天下看作自己的产业,那么他人想得到产业的欲望,谁不和我(君王)一样?即使勒紧绳索,加固关钮、锁钥,可是一个人的智谋、能力,终究不能胜过天下想得到产业的众人。远的不过几代,近的就在自身,那血肉崩溃的灾祸,便临到他的子孙了。过去有人发愿永远不要投生在帝王家里,而毅宗皇帝也对女儿说:"你为什么生在我的家里?"这话多么沉痛啊!回想起创业时那想占有天下的野心来,能不颓靡、沮丧吗?所以,明白做君主的职分,那么就会出现唐、虞的世道,人人都能谦让君位,让由、务光就不是超尘绝俗的人了。不明白做君主的职分,那么街头里巷,人人都可以产生占有天下的欲望,这就是许

143

天下为公

由、务光在后世再也没有出现的原因。然而,君主的职分(虽)难以明白,(但)不能用片刻的荒淫作乐而换取无穷的悲哀,这个道理即使是愚昧的人也懂得吧!

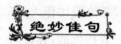

绝妙佳句

不以一己之利为利,而使天下受其利;不以一己之害为害,而使天下释其害;此其人之勤劳必千万于天下之人。

文学常识丛书

作者简介

天下为公

　　方苞(1668—1749 年)清代散文家。字凤九，号望溪。桐城（今属安徽）人。康熙三十八年(1699 年)，江南乡试第一名。因母亲病重未出仕。(1711 年)因戴名世案牵连入狱。赦出后隶汉军旗籍。乾隆时，任礼部右侍郎。方苞尊奉程朱理学和唐宋文风。是清代著名的诗歌及散文家，著有《方望溪先生全集》。

145

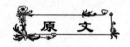

左忠毅公逸事

　　先君子①尝言，乡先辈左忠毅公视学京畿②，一日，风雪严寒，从数骑出③，微行④入古寺。庑下⑤一生伏案卧，文方成草⑥。公阅毕，即解⑦貂覆生，为掩户⑧。叩之寺僧，则史公可法也。及试⑨，吏呼名至史公，公瞿然注视，呈卷，即面署第一⑩。召入，使拜夫人，曰："吾诸儿碌碌，他日继吾志事，惟此生耳。"

　　及左公下厂狱⑪，史朝夕狱门外。逆阉防伺⑫甚严，虽家仆不得近。久之，闻左公被炮烙，旦夕且死，持五十金，涕泣谋于禁卒，卒感焉。一日，使史更敝衣，草屦，背筐，手长镵⑬，为除不洁者⑭，引入。微指左公处，则席地倚墙而坐，面额焦烂不可辨，左膝以下筋骨尽脱矣。史前跪抱公膝而呜咽。公辨其声，而目不可开，乃奋臂以指拨眦，目光如炬，怒曰："庸奴！此何地也，而汝来前！国家之事糜烂至此，老夫已矣，汝复轻身而昧大义，天下事谁可支拄者？不速去，无俟奸人构陷，吾今即扑杀汝！"因摸地上刑械作投击势。史噤⑮不敢发声，趋⑯而出。后常流涕述其事以语人，曰："吾师肺肝，皆铁石所铸造也。"

文学常识丛书

146

　　崇祯末，流贼张献忠出没蕲、黄、潜、桐⑰间，史公以凤庐道⑱奉檄⑲守御。每有警,辄数月不就寝,使将士更休,而自坐帷幕⑳外。择健卒十人,令二人蹲踞而背倚之,漏鼓移则番代㉑。每寒夜起立,振衣裳,甲上冰霜迸落,铿然㉒有声。或劝以少休,公曰:"吾上恐负朝廷,下恐愧吾师也。"

史公治兵,往来桐城,必躬造左公第,候太公、太母起居,拜夫人于堂上。

余宗老涂山㉓,左公甥也,与先君子善,谓狱中语乃亲得之于史公云。

天下为公

注　释

①先君子:称已死的父亲。

②视学京畿(jī):任京城地区的学政。

③从数骑:带着几个骑马的随从。

④微行:隐藏自己的身份改装出行。

⑤庑(wǔ)下:厢房里。

⑥成草:写成草稿。

⑦解:脱下貂皮外衣。

⑧掩户:关门(以防风寒)。

⑨试:考试,这里指童生的岁考。

⑩面署第一:当面书写,定为第一名。

⑪厂狱:明朝设东厂,缉查谋反等案件,由太监掌管,成为皇帝的特务机关。魏忠贤擅权时期,掌管东厂,正直的官吏多受陷害,左光斗也被诬下狱。

⑫逆阉防伺:逆阉,指太监魏忠贤。防伺,防备探察。

⑬手长镵(chán)：拿着长镵。手，用作动词。镵，铲子。

⑭为除不洁者：装作打扫垃圾的人。

⑮噤(jìn)：闭口。

⑯趋：小步快走。

⑰蕲、黄、潜、桐：蕲，蕲州府，现在湖北蕲春一带。黄，黄州府。潜，现在安徽潜山。桐，现在安徽桐城。

⑱凤庐道：管理凤阳府、庐州府的官。明朝在省下设分巡道、兵巡道、兵备道等官，管辖几个府的军政等事。凤阳府，现在安徽凤阳一带。庐州府，现在安徽合肥一带。

⑲奉檄(xí)：奉上级的命令。檄，古代官府用以征召、晓谕或声讨的公文。

⑳幄(wò)幕：军用的帐幕。

㉑漏鼓移则番代：过了一更鼓时间就轮流替换。漏，古代用滴水以计时间的器具，名铜壶滴漏。鼓，打更的鼓。番代，轮换。

㉒铿然：清脆响亮的声音。

㉓宗老涂山：同族的长辈号涂山的。涂山，名文，方苞的同族祖父。

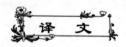

译　文

先父曾经说，同乡前辈左忠毅公在京都附近任学政。一天，刮风下雪特别寒冷，几个骑马的随从跟着左公外出，私行察访走进一座古庙。到了堂下小屋里见一个书生趴着桌子睡着了，文章刚成草稿。左公看完了，就脱下貂皮裘衣盖在书生身上，并给他关好门。左公向庙里的和尚了解这个书生，原来就是史可法。等到考试，吏官叫到史可法的名字，左公惊喜地注视着他，他呈上试卷，就当面批点他是第一名。又召他到内室，让他拜见了左夫人，并对夫人说："我们的几个孩子都平庸无能，将来继承我的志向和事业的只有这个书生了。"

等到左公被送进东厂监狱，史可法早晚守在监狱的大门外边，可恶的太监防范窥伺很严。即使左家的佣人也不能靠近。过了好久，听说左公受到炮烙酷刑，不久就要死了，史可法拿出五十两银子，哭泣着跟看守商量，看守受感动了。一天，看守让史可法换上破旧衣服，穿上草鞋，背着筐，用手拿着长锹，装做打扫脏东西的人，把史可法引进牢房。暗暗地指点左公呆的地方，左公却靠着墙坐在地上，脸和额头烫焦溃烂不能辨认，左边膝盖往下，筋骨全部脱落了。史可法走上前去跪下，抱着左公膝盖就哭泣起来。左公听出是史可法的声音，可是眼睛睁不开，于是奋力举起胳臂用手指拨开眼眶，目光像火炬一样明亮，恼怒地说："没用的奴才！这是什么地方？可你来到我这里！国家的事情，败坏到了不可收拾的地步，我已经完了，你又轻视自己不明大义，天下事谁能支持呢？还不赶快离开，不要等到坏人捏造罪名来陷害你，我现在就打死你！"于是摸索地上刑具，做出投打的样子。史可法闭着嘴不敢出声，快步地出来。后来史可法常常流着泪讲述这件事，告诉别人说："我的老师的肝肺、都是铁石所铸造出来的。"

崇祯末年，张献忠在蕲春、黄冈、潜山、桐城一带活动。史可法凭着凤阳、庐州道员的身份奉命防守御敌。每次有警报，就几个月不能上床睡觉，他让士兵轮番休息，可是自己在帐篷外边坐着。挑选了强健的士卒十人，命令二人蹲坐着用背靠着他，过了一更就轮番替换一次。每到寒冷的夜晚站立起来，抖动自己的衣裳，铠甲上的冰霜散落下来，像金属响亮的声音。有人劝他稍微休息一下，他说："我上怕辜负朝廷，下怕愧对我的老师呀！"

史可法指挥军队，往来于桐城。一定亲自到左公府第向太公、太母

149

天下为公

请安，并到厅堂上拜见左夫人。

我本家的老前辈涂山，是左公的外甥，他和先父很要好，说左公在监狱里对史可法讲的话，是亲耳从史可法那里听到的。

吾上恐负朝廷，下恐愧吾师也。